中华译学馆

莫言题

中华译学作言倡字与

以中华为根 译与学并重

弘扬优秀文化 促进中外交流

拓展精神疆域 驱动思想创新

丁酉季冬月 许钧撰 罗卫东书

★ 丝 路 夜 谭 ★

玫瑰与胡须

伊拉克民间故事

郭国良◎主编

蒋满仙　刘美君◎选译

ZHEJIANG UNIVERSITY PRESS
浙江大学出版社

图书在版编目（CIP）数据

玫瑰与胡须：伊拉克民间故事 / 郭国良主编；蒋满仙，刘美君选译. — 杭州：浙江大学出版社，2020.8
（丝路夜谭）
ISBN 978-7-308-20354-8

Ⅰ.①玫… Ⅱ.①郭… ②蒋… ③刘… Ⅲ.①民间故事-作品集-伊拉克 Ⅳ.①I377.73

中国版本图书馆CIP数据核字（2020）第119214号

玫瑰与胡须：伊拉克民间故事

郭国良　主编

蒋满仙　刘美君　选译

出品人	褚超孚
总编辑	袁亚春
策　划	张　琛　包灵灵
责任编辑	陆雅娟
责任校对	黄静芬
封面设计	周　灵
出版发行	浙江大学出版社
	（杭州市天目山路148号　邮政编码310007）
	（网址：http://www.zjupress.com）
排　版	杭州兴邦电子印务有限公司
印　刷	浙江省邮电印刷股份有限公司
开　本	889mm×1194mm　1/32
印　张	7
字　数	124千
版印次	2020年8月第1版　2020年8月第1次印刷
书　号	ISBN 978-7-308-20354-8
定　价	28.00元

总　序

　　对外交流是当今各国各民族谋求合作共赢的必要途径，是维护世界和平与发展的重要保障，也是持续推动人类文明进步的不竭动力。2000多年前丝绸之路的开辟，直接推动了中外文明的交流，为人类文明互鉴做出了不可磨灭的贡献。丝绸之路连接各方的交通要道，跨越各地的江河湖海，沿途不同的民族、种族、宗教、文化得以交汇、融合，从而架起了人类合作交流的桥梁。

　　"青山一道同云雨，明月何曾是两乡。"长期以来，在丝路精神的影响下，各国人民在频繁往来中结下了深厚的情谊，文化交流成为推进友好往来的坚实基础。民间传统文化以传播和交流形式丰富多样、内容生动活泼、贴近现实生活等特点受到各国人民的欢迎和喜爱。其中，神话、传说、童话因流传范围甚广、内容通俗易懂、蕴含朴素情感、颇能打动人心而成为中外文化交流的重要内容，为文化融合和文明互鉴开拓了独特的路径。正如季羡林先生所说，"在国与国之间，洲与洲之间，最早流传的而且始终流传的几乎都是来源于民间的寓言、童话和小故事"①。重视并发挥民间故事在中外交流中的积极作用，将有效增进各国人民之间的联系和互动，为构建人类命运共同体添砖加瓦。神话、传说、童话是民间传统文化的重要组成部分，它们不仅承载了劳动人民的知识、经验、情感、智慧，更凝结了各民族文化的优秀基因，积淀了各民族共同的价值追求，为各民族文化的发展壮大提供了丰厚滋养，也为后人留下了一笔笔宝贵的精神财富。与此同时，神话、传说、童话能够从侧面反映各国在政治、经济、历史、地理、宗教信仰等方面的变迁，为学术研究提供重要的背景资料和素材。本译丛比较集中地展示了一些国家的民间故事，为增强我国读者对这些国家的了解打开了一扇窗户，也为我们借鉴、学习别国优秀传统文化提供了一个渠道。

通过阅读其他国家的神话、传说、童话，我们能够发现这些国家与中国在文化上既存在悠久的历史渊源，也存在明显的差异。它们最初以口口相传的形式在不同群体、民族、国家之间进行传播。在此过程中，能够反映人们共同情感和价值观念的核心要素得以保存下来，但是受到本民族特有文化的影响，这些民间传统文化也

---

① 季羡林. 比较文学与民间文学. 北京:北京大学出版社,1991:1.

不可避免地出现变形和置换，形成各种各样的异文。我们应该本着"求同存异"的原则，发掘中外文化中的殊途同归之处，尊重不同民族的特点，积极助推中外文化交流与互学互鉴。

中华译学馆组织编选、翻译的"丝路夜谭"译丛，收录的神话、传说、童话既注重意义内涵，也彰显艺术价值。在主题上，有的劝善戒恶，有的蕴含哲理；在内容上，有的叙述勇敢正义的冒险，有的描写纯洁美好的爱情；在风格上，有的清新质朴，有的风趣幽默；在表现形式上，有的平铺直叙，有的借物喻人；在故事情节上，有的简单精练、寓意明显，有的跌宕起伏、扣人心弦。正如荷马史诗等古希腊文学作品开创了西方文学的源流，女娲造人、精卫填海等上古神话开辟了中国文学的疆域，神话、传说、童话在很大程度上启发了世界各国的文学传统。在世界文学这个千姿百态、争奇斗艳的大花园中，神话、传说、童话恰似一朵朵奇葩，它们不应孤芳自赏，而应散发出更加迷人的光彩、吸引更多关注的目光。希望本译丛能够让更多的读者发现它们、了解它们、喜爱它们，在细细品味中领略它们的独特价值和魅力。

需要说明的是，由于神话、传说、童话中也包含了古代人对天地宇宙、自然万物、部族战争、劳动生活等方面的夸张想象或稚拙解说，我们在移译中尽可能保留其内容的原始性，以反映作品的真实性，相信睿智的读者定能甄别鉴辨。

郭国良

2020年5月于杭州

前　言

在维多利亚时代，人们习惯在译作前言中对翻译的不完美之处表示歉意。我想说，我不像联合国的口译员，可以听完一种语言的长篇大论，然后用另一种语言准确翻译。我也意识到，当人们以丰富的手势和表情声情并茂地讲述这些故事时，它们就栩栩如生，如罕见的蝴蝶般美丽；而当它们落于纸上时，就像是被折断了羽翼，钉在收藏家的柜子里。

这些故事属于伊拉克南部伟大的什叶派部落。我首次接触到这些部落是在 1942 年冬天，那时我从西部沙漠出发，在乌尔附近的路上停下，碰到几个看上去像部落成员的人，便请他们为我展示当地的狩猎情况并充当向导。第二天，我们开车追着鸨，驶入沙漠深处。经过一片高地时，我们看到一组又长又矮的黑色帐篷。我一脸茫然地转向我的两位向导，问他们这些贝都因人的部落叫什么。他们的脸上流露出恐惧和惊讶，说："那些不是贝都因人，是阿拉伯人。"我之前没有意识到这一区别，便问他们如何分辨贝都因人和阿拉伯人。他们回答："我们觉得，会说阿拉伯语的就会知道两者的区别。"他们接着指了指地平线上散布着的大量绵羊，然后解释说，如果骆驼很多而绵羊较少，那么就可以说明是贝都因人。相反，若是绵羊很多而骆驼较少，则说明是阿拉伯人。他们继续解释，他们说的"阿拉伯人"指的就是大地主什叶派部落，主要种植水稻、枣子、大麦和各种其他作物，同时派出绵羊在沙漠中长途跋涉，负责帮助一些家庭寻找草地。

大多数阿拉伯部落成员都居住在房子里，或是干净凉爽的棚屋中。后者宛如房子，用苇席搭建而成，可以让空气源源不断地穿过，以免烈日下热得像火炉。大部分故事讲述于房子间搭起的大客房或客帐中，讲故事时的背景声多种多样，从烹饪烤羊的滋滋声到大水泵有力的砰砰声。这些水泵值得一提，它们通常是部落最引以为傲之物和主要财富来源。在一个地方，我听到某个男孩叫鲁斯塔姆，我非常惊讶，因为这个名字更常出现在波斯人和库尔德人中，但有人向我解释说他是以泵的名字命名的，当我看到鲁斯塔姆这个名字印在大圆筒的一块铁板上时，我明白了。

阿拉伯部落拥有伟大的军事历史，他们为此感到自豪。它漫长，还有些复杂，要想完整地记录酋长们所说的一个部落的历史，篇幅就不止这些了。不过我还是要简要介绍这一名叫蒙塔菲克的伟大部落群的历史。

　　蒙塔菲克是什叶派部落的联盟，这些部落都居住在盖拉夫河附近，以及现在的纳西里耶镇周围。舍比卜逊尼派家族的萨阿敦将这些部落联合起来反对土耳其人。萨阿敦也成了萨阿敦家族的创始人。蒙塔菲克部落过去常常袭击巴士拉地区的土耳其人，并在前往巴格达的路上袭击他们的车队。然而，1775 年，伊拉克南部出现了新的威胁，波斯向巴士拉进攻，于是蒙塔菲克的萨阿敦家族的领导人派遣了一支骑兵部队去帮助土耳其人，并将这支部队驻扎在古老的祖拜尔村。

　　波斯人围攻城市的时候，蒙塔菲克骑兵一直留在祖拜尔，此处距巴士拉大约十英里，中间隔着一片容易泛滥的盐滩。战斗发生在城镇一边的棕榈树地带，中间散布着许多小溪。因此，谢赫·阿卜杜拉·萨阿敦和谢赫·萨米尔·萨阿敦领导下的骑兵对城里的驻军没有太大用处。而波斯步兵得到了强悍的水兵部落——卡巴——的帮助，卡巴人在沼泽地区发挥着重要的作用。之前战争中的马金纳军事营地到现在的麦卡尔港，这一大片区域都是沼泽地。此地对骑兵作战非常不利，蒙塔菲克没有将他们的步兵和船只用来协助保卫巴士拉，这似乎是个重大错误，但务必记住，蒙塔菲克与其土耳其盟友之间的关系并不亲密，他们也一直在与土耳其人作战。

　　1776 年春，波斯轻松攻破土耳其驻军的防守，巴士拉向波斯人投降。然而，蒙塔菲克部队仍留在祖拜尔，控制从巴士拉到沙漠的所有出口，以及到巴格达的幼发拉底河的道路。波斯指挥官阿里·穆罕默德很快就意识到，占领一个没有腹地的港口很可能是白费力气，但直到1778年他才对蒙塔菲克部落的人采取措施，当时由于人们百无聊赖的精神状态以及种植庄稼的需求，蒙塔菲克在祖拜尔的军力所剩无几。在一次突然袭击之后，村庄很轻易地就被波斯人攻陷了，阿里·穆罕默德下令将蒙塔菲克驻军消灭。

祖拜尔沦陷，一些蒙塔菲克妇女被人强奸、迫害致死。蒙塔菲克的各大部落听闻此消息，怒不可遏。部落成员唱着战争之歌，跳着战争之舞，为蒙塔菲克联盟的全面崛起举行仪式，为可怕的"哈姆拉特蒙塔菲克"吹响号角。谢赫·萨米尔·萨阿敦掌控蒙塔菲克部队的指挥权，一支庞大的骑兵队伍穿过沙漠，朝巴士拉行进，部落船只也从哈马尔湖上出发，步兵们沿着幼发拉底河及哈马尔湖前进。而另一边，在阿里·穆罕默德的领导下，大约一万波斯人从巴士拉出发前往作战，水上也派出了一支船队，船队由大约二十条巴士拉大船①组成，船员全部是从巴士拉强征入伍的，船上安装了武器。卡巴

---

① 英文名为jalbut，比单桅三角帆船(dhow)尺寸大，主要是机动船，通常有甲板，不经常使用桨和帆。一些作家提到，"jalbut"最初在波斯湾使用，后来扩展到其他地区。——译者注

人并没有加入他们的战斗。

　　波斯人似乎在与巴士拉的战争中吸取了许多错误的教训，其中最致命的是他们以为蒙塔菲克部落是沙漠战士，无法在棕榈树地带和沼泽中行动。因此，当他们的先发护卫骑兵在沙漠中与蒙塔菲克的马相遇时，阿里·穆罕默德调动他的部队，将蒙塔菲克人带入沼泽，进入一个看似陷阱的地方，一个除了入口一侧外都被沼泽或河流弯道包围的区域。波斯主力进入该区域以剿灭被困部落成员，但他们很快意识到沼泽地里挤满了蒙塔菲克步兵。河上却只有部落船只，没有波斯舰队的迹象。有人说，波斯舰队已被摧毁。当他们试图从这个死亡陷阱中撤退时，波斯人发现自己被更多来自沙漠的部落骑兵拦截。据说谢赫·萨米尔·萨阿敦举剑下令全面屠杀波斯部队，以报复当初波斯人在祖拜尔的暴行，这与部落通常的对待俘虏的习俗背道而驰。阿里·穆罕默德也成了其中一名死者，据说只有三个人死里逃生。

　　在这场灾难中，波斯人损失了大部分兵力，其直接结果是，他们次年就撤离了巴士拉。战胜了波斯人是蒙塔菲克最大的成功，但也埋下了联盟最终解散的种子，因为什叶派部落最初是在逊尼派领导人的带领下聚集在一起的，其共同目的是反对土耳其人。在这场战斗之后，至高无上的两位萨阿敦首领改变了政策，变得越来越亲近土耳其人。到了19世纪中叶，至高无上的部落联盟的首领几乎总拥有帕夏①的头衔，并在其统治蒙塔菲克时得到土耳其人的支持。部落军队正发生改变：什叶派部落中，集结在蒙塔菲克军旗之下的人越来越少，部落骑兵则由统治者的带薪家臣组成。当然，萨阿敦家族和土耳其人之间偶尔也存在分歧，就像强大的萨阿敦帕夏与巴士拉总督发生争执时一样。

联盟已经成为过去式，什叶派部落成员现在只忠于自己的部落酋长，以及酋长之上的伊拉克政府。在一些偏僻的芦苇小屋里仍可以找到费萨尔国王和摄政王殿下的照片，这些照片得到妥善保管，令人感动。在外国统治时期，这些部落享有至高无上的荣耀，当时它们是抵抗运动的集结点，阻止伊拉克被土耳其或波斯吞并。但在民主的时候，部落的地位就变得不甚明朗。部落生活存在很多美好之处，值得人们不惜一切代价予以保留，部落忠诚也不一定会干扰现代进步。例如，来自伊拉克各地的部落成员现在居住在首都，从事各种工作，包括工匠和劳工、律师、医生和工程师等。在这个日渐壮大的国家，一个男孩可能出生于部落的芦苇小屋，如果聪明的话他可能会在巴格达当医生。所有这些来自部落的移民都与他们的部落保持密切联系，他们通常会乐于招

① 帕夏(Pasha)，奥斯曼帝国行政系统里的高级官员，通常是总督、将军及高官。——译者注

待到访这座城市的部落成员。当部落首领出于某种目的向部落里的家庭征收税款时，移民是第一批汇钱的人——尽管他们可能是驾驶美国轿车的富有医生，他们也会和劳工、工匠一样以确切的迪拉姆货币汇款。给钱大方会有种炫耀的味道。

部落的生活逐年变化。部落的抽水机将幼发拉底河数千吨棕色河水输送到灌溉渠道，使土地肥沃、绿意盎然。教育正在部落中普及，越来越多的部落成员在铁路、港口和石油公司工作。战争期间，来自幼发拉底河流域的许多部落成员驾驶卡车经过波斯，前往俄罗斯加入援助行动。甚至是在北至海法、南至波斯湾尽头的马西拉，人们仍可以发现有人在为盟军战争而努力。

随着周围世界的发展，部落成员的娱乐活动发生变化也就不足为奇了。以前一个人只能通过听业余但娴熟的说书人讲故事来取乐，而现在他可以用部落酋长或主人的轿车里的无线电视机消磨一晚上，更好的是，他可以跳上公共汽车或卡车到最近的村庄观看埃及、印度或美国电影。在这种背景下，这些故事渐渐消失并不奇怪，现在只有少数老人还了解它们。这些故事适应了当时的时代需要，也满足了当时阿拉伯文学书写条件匮乏的需要。现在，在这个更繁荣的时代，它们必将消亡。我要强调的是，这些故事从未被认为属于任何伟大的阿拉伯文学流派——它们都是简单的小故事，要么由部落成员自己创作，要么改编自更古老的故事。这些故事仅仅是为了在艰难行军中唤起一个微笑，或是帮助人们挺过一个寒冷的沙漠之夜。

若是想要深刻体会语言真正的美丽，你可以阅读书面的古阿拉伯语，但我要忠告你们，阿拉伯语是语言的珠穆朗玛峰，从未被那些草草学习过一两年登山的探险者征服。七年的缓慢跋涉可能会让探险家走上雪线，但冰冷的山峰依然巍然耸立在他上方，清晰而美丽，它已经屹立了两千多年，人们对它的山坡也不能掉以轻心，只有阿拉伯人才能安全通过。用伊本·达汉的话来说：

"不要以为你会成为像我们这样的诗人。母鸡虽羽翼丰满，却不会飞翔。"

目　录

i

来自蒙塔菲克

伟大的苏丹哈吉·阿里和他的儿子阿米尔·凯

奥斯曼帝国之前，伊拉克的最高统治者是苏丹，其中有一任苏丹名叫哈吉·阿里，其二十岁独子阿米尔·凯生得英俊潇洒，每次外出，都会引来大量围观的人，他们把街道堵得水泄不通。阿米尔·凯在战场上也赫赫有名，他负责指挥苏丹的军队，常同父亲的敌人们一对一决斗，当着对方军队战胜他们。他行事均听从父亲号令，这是阿拉伯人的习惯。

一天，苏丹哈吉·阿里叫来儿子凯，说道："在这世上，只有一件事是肯定的，众所周知，凡人皆有一死，没有谁能躲避死亡。等不了多久，你就会接替我的位置，成为这片土地的苏丹，可当你死后，谁又将接替你呢？所以是时候娶妻了。"然而，一向听话的凯拒绝了父亲的提议："我考虑过这件事，读了所有描述女人的书，这些书皆由伊拉克、波斯、印度、中国和罗马的智者撰写。我读完后得出的结论是：女人都是邪恶的巫师，从

不讲真理美德，一个男人怎么敢娶妻呢?"

苏丹想：这只是青年愚昧的想法，我将当着所有大臣、谋士和军队的面命令儿子成婚，这样他就会深感羞耻，不得不服从于我。于是，他召集群臣，还邀来了酋长和很多有名望人士，整座宫殿一时人声鼎沸，接着，他招来了自己的儿子阿米尔·凯。

苏丹说道："我们这座城市已经很久没有举办过王室婚礼或王室继承人诞生礼那样盛大的庆典了。我将命令财政部长备好十万第纳尔，每位部落酋长带上一千头叙利亚羊，每位富商带上一千袋精大米，巴士拉省长带上一千船巴士拉蜜枣，迈阿丹人带上牛奶①，摩苏尔人带上蜂蜜，巴库巴村寨人带上当地的水果食蔬。新年的第一个月，我们每天都会宰杀一千头羊，烈火烹烤，再塞满核桃杏仁，整座城市不会有人忍饥挨饿，旅客和沙漠里的住客一样能大饱口福，举国欢庆我挚爱的儿子阿米尔·凯的婚礼。"

阿米尔·凯起身站到父亲跟前，说道："不。"话音刚落，那些酋长、富商、船长、军队首领和学者都羞得满脸通红，在阿拉伯人看来，儿子不应当面顶撞父亲。苏丹也被气得脸色发白，下令把他囚禁起来。

① 迈阿丹基本上是由贫穷家庭组成的部落，人们分散聚居在底格里斯河与幼发拉底河之间的大面积沼泽湖泊的岸边。他们的主要财富来源是大批水牛，收入来自销售牛奶和奶产品、里本(一种凝乳)和经提纯的食用黄油。

苏丹的卫兵抓住了阿米尔，把他关进了监狱。不过，你们得知道，这个监狱并非大家所熟知的那类集中营，这是专为王室建造的，更像是一座宫殿，四周墙壁由大理石和宝石砌成，里面应有尽有，只是门口的守卫不让阿米尔·凯外出。

一天清晨，一名渔夫到河边打鱼，太阳初升，便撒下了渔网，等到收网时他发现网里有条金色的鱼，这之前在伊拉克没人见过这种鱼。渔夫和他的同伴商量："我要将这条鱼献给狱中的阿米尔，这会使他快乐，为他带来好运。"他把鱼装入水盆，带去监狱献给了阿米尔。阿米尔从未见过这种鱼，自然很高兴。

阿米尔为金鱼打造了镶金带银的池塘，他坐在池塘边，静静欣赏金鱼的美丽，一看就是三个小时，金鱼也一刻没有停歇，飞快地从池塘一端游到另一端，如此反复。阿米尔心想：鱼儿为何不停歇片刻？为何总是四处游走？这对渴望河流的它真是一场悲剧，和我一样，它也是囚犯。阿米尔决定将鱼送回河里。其实那鱼原是亚当部落的一名女子，部落里的人都善用法术，可以化身为金鱼。阿米尔把鱼投回河里时说道："愿神将你送回心爱之人身边，也请赐予我一个爱人。"

阿米尔告诉父亲，所有女人都是邪恶的巫师，其言并非完全属实，有一个女孩例外——邻国的公主。阿米尔知道她心地善良，对她情有独钟，但他没有告诉父亲，因为父亲想要他娶自己的堂妹，以保证巨额财富不落到别人手里。

无所不知的法师——金鱼姑娘的爱人知道了这件事，想道：他把我的爱人还给了我，我一定得报答他的恩情。于是，他化身成德尔维什①进入监狱，向阿米尔行礼："你想要娶阿利雅·宾特·雷加布为妻，对吧?"阿米尔见德尔维什知晓他的愿望，脸惊得煞白，恳求德尔维什："大师啊，请帮我得到我的爱人。"德尔维什带着阿米尔躲开卫兵，骑马逃出了监狱，去往阿利雅的宫殿。到下半夜，他们俩像猫似的溜进宫殿，没有触发警报。阿米尔走进阿利雅的房间。那天晚上很热，女孩已脱光衣服入睡了。阿米尔看到她美丽的胴体后，几乎快要晕倒。不过他很快帮阿利雅裹好衣服，带她上了马，朝沙漠奔去，直到第二天清晨，他们才停下来，稍做休息。

当他们吃完肉、米饭和蜜枣后，德尔维什对阿米尔说道："我们得把女孩分一下，一人拿一半，我们俩是合作关系，成果应该共享。""这提议不合理，更不可行。"阿米尔立马回绝。女孩听到这番话非常吃惊，可德尔维什还是坚持："命中注定我们得平分这女孩，我无力改变

---

① 德尔维什(Derwish)，又名德尔维希，伊斯兰教的一种修士，在波斯语中是乞讨者、托钵僧的意思。他们是苏菲派的一种，与佛教比丘一样出家隐居，或云游四方，生活方式也与苦行僧出奇地相似。——译者注

这一点。"阿米尔想到德尔维什是尊贵的法师，也是他的朋友，便同意了："好吧，就照你的意思办，我们该怎么分呢？""从上往下分，我们每个人都能得到一只美丽的眼睛、一条胳膊、一条腿，这样也分得平均，谁也不吃亏。"阿利雅听了这话，更害怕了，跪在德尔维什脚下哭诉："我的主人，你们抽签决定谁拥有我吧，请不要将我分开。"可德尔维什不依不饶："不，必须得这样。"说完抽出剑，朝女孩挥去，阿米尔捂住了眼睛，不忍目睹这一幕。就在这时，女孩突然张嘴，一条蛇从里面探出了头。德尔维什大声叫嚷："出来吧，泽布森①！出来吧，泽布森！"说话间，一条足有二十英寸长，通体绿色的蛇从女孩口中窜了出来，飞速遁入沙漠。德尔维什告诉阿米尔："我把蛇吓跑了，阿利雅并不知道自己体内有条蛇，这蛇趁女孩不注意溜了进去，专以折磨男人为乐。等到女孩嫁人，蛇便会想法儿激怒女孩，使她不停和丈夫抱怨，说出的话和蛇的毒液一样狠毒，你没办法抓住这蛇，除非你能看见它，知道它的名字，还得强过它。"

阿米尔万分感激德尔维什。德尔维什说道："这女孩是你的了，希望你在她身上得到快乐。"阿米尔和女孩成了婚，回到父亲的宫殿。听仆人们说，他离开后，父亲

---

① 泽布森(Zeboshun)，特指一种蛇，它会钻进女人身体里沉睡，在女人结婚后苏醒，促使她对丈夫唠叨和抱怨。——译者注

玫瑰与胡须：伊拉克民间故事

早已痛不欲生。阿米尔见到了父亲苏丹哈吉·阿里，对他说："父亲啊，愿您平安，我已经照您的意愿娶了妻子。"苏丹高兴极了，传位给了儿子。他是位聪明、公正的统治者，还生了许多美丽如月亮的儿子。

愚蠢的奴隶

从前，有三个奴隶①想摸黑偷点东西，他们打算到城外扎寨的贝都因人那里去偷绵羊。等到天黑，他们溜到了贝都因人的住处。黑暗中，他们看见了三只牲口，便一人带走一只，不过他们带走的不是绵羊而是山羊，奴隶们也不知道弄错了。结果，贝都因人养的几百只山羊看见有三只同伴离开，便都跟了上去，这是山羊的传统，一只山羊走了，所有山羊都会跟着。

那三个奴隶带着三只山羊在沙漠中穿行，听见身后有许多脚步声。"有人在追我们。"奴隶阿里对奴隶拉希德说。于是，三个奴隶带着三只山羊开始狂奔，贝都因人养的一大群山羊看到前面三只羊在跑，也跟着跑了起来。

拉希德对阿里说道："真的是贝都因人在追我们。"

① "奴隶"是伊拉克南部表示黑人的俚语，现在不表示真正的奴隶。奴隶制在伊拉克一直持续到奥斯曼帝国统治结束。因此，在这个故事中，这个词指的是真正的奴隶。

愚蠢的奴隶

他们赶紧放开山羊，跑得更快了，但山羊还是追着他们不放。他们一慢下来，羊群便撞上了落在最后的阿里。阿里喊道："后面有许多尖东西在刺我，那到底是什么？""肯定是阿拉伯人的长矛和长剑，快跑！跑！"事实上这根本不是阿拉伯人的长矛和长剑，只是山羊角而已。但奴隶们对此一无所知，他们越跑越快，一口气跑到了河边。山羊嗅到了河流的气息，停下了脚步，而领头的那个奴隶哈桑跑得太快，没来得及"刹车"，直接掉进了河里。

恰巧那河里蹲了条鳄鱼①，一见哈桑掉进来，便一口咬掉了他的脑袋。阿里和拉希德把落水的哈桑从河里拖拽到岸上，发现他的脑袋已经没了。

阿里见哈桑没了脑袋，转身对拉希德说道："看，我们的朋友没了脑袋。"他们俩吓得不知所措："他之前有脑袋吗？还是一直没有？""真的，我从没注意过，不记得了。"阿里和拉希德讨论了一下："我们必须查明这件事的真相，如果我们的朋友之前有脑袋，现在丢了，那他就是死了，必须得把他埋了。有学问的人说过，没有脑袋，灵魂会飞出身体。但如果他一直都这样，那他同之前没什么两样，埋了他也许是办了件错事。"于是，奴隶阿里

---

① 伊拉克没有鳄鱼。我不知道这是否表明这个故事起源于非洲。在阿拉伯地区的阿拉伯河和卡伦河中有一些鲨鱼，它们偶尔会在距海八十英里的地方吃掉游泳者的腿。在伊拉克，鲨鱼比鳄鱼更广为人知。

提议："我们去问问他的母亲吧，她一定知道这件事。"

阿里和拉希德回到镇上，找到了哈桑母亲："哈桑妈妈！哈桑妈妈！你还记得你儿子出生的那一天吗？"哈桑的母亲想了一会儿："那天我生病了，痛得快失去了知觉，况且过了二十多年，什么都记不起来了。"拉希德和阿里又去找了哈桑的父亲："哈桑爸爸！哈桑爸爸！你儿子哈桑出生时有脑袋吗？"他回答说："我不知道，儿子出生那天，我正好去巴士拉买咖啡，直到晚上才回家。"

他俩又跑去找一位叫塔瓦的老妇人，她曾是一名助产士。她记性很好，记得很多事。有人说她甚至还记得卡齐迈因清真寺建造的经过。阿里和拉希德找到助产士塔瓦，问："塔瓦！你还记得哈桑出生时有脑袋吗？""有的，上面还有头发、眼睛和耳朵。""噢！那他现在没脑袋了。我们该怎么办？"塔瓦回答说："那他就是死了。"阿里和拉希德听完这话便哭了出来，悲痛地用力捶打自己的胸膛："我们的朋友真的死了。"哈桑的父亲、母亲听到这个消息，也放声大哭，用力捶打自己的胸膛。

妒忌带来的荒唐事

伊拉克有两个男孩，一个是苏丹的儿子埃米尔·阿卜杜拉，一个是瓦兹尔①的儿子穆罕默德。两位父亲都把自己的孩子送去学校，男孩们在学校里住了十年。埃米尔·阿卜杜拉在这所学校里什么都没学到，只会欺负殴打比他年幼的男孩，整日射箭、骑马、喝酒，一味追求穿戴，穆罕默德一直陪着他玩闹。可完成学业后，埃米尔·阿卜杜拉一无所获，聪明勤奋的穆罕默德却已经学会了世界上的每一种语言。

苏丹的儿子和瓦兹尔的儿子完成学业后也没找活干，整个国家都属于他们的父亲，自然用不着干活。因此，他们总在黎明时分骑马出发，奔去高地沙漠，到傍晚再返回城镇。他们身边有六个年轻英俊的随从，这几

---

① 瓦兹尔(Wazir，也写作 Vizire，Vazir，Vizir，Vasir，Vesir，Vezir)，伊斯兰国家历史上对宫廷大臣或宰相的称谓。——译者注

妒忌带来的荒唐事

个随从手持长矛、长剑，都是切尔克斯①奴隶。每当他们骑行数英里进入沙漠后，埃米尔都会打发掉随从："你们先回城里，太阳落山前再来这儿。"

埃米尔和穆罕默德在彼此的陪伴下愉快地度过一天又一天，穆罕默德还告诉埃米尔，无论他说什么，自己都会照办，因为他们的心连在一起。切尔克斯奴隶们知道了很妒忌，说道："瓦兹尔的儿子告诉我们的主人会为他办事，完全略过了我们。主人从来没给我们下过命令，只让我们早上到，晚上到，这可不行。我们应该杀掉瓦兹尔的儿子，结束这一切。"但切尔克斯人的指挥官说道："我们为什么要这么做？杀掉他多没意思。不如这样，去找镇上的女巫，告诉她这件事，让她施魔法，使他们彼此仇恨。"

切尔克斯人找到女巫，对她说："噢！降临奇迹的女士，请施展你的魔法，让那两个男孩仇恨对方。"女巫听了说道："这一点也不难，都不需要借助禁书的力量。只要你们每人给我一枚第纳尔就行。"女巫拿走了切尔克斯人的六枚第纳尔，去集市买了一套新衣服和胭脂。女巫已经七十多岁了，但当她换上新装，用牛奶洗净脸庞，再抹上胭脂，隔远点看就和十七岁的少女一样。

---

① 切尔克斯人（Circassians 或 Cherkesses），阿拉伯世界的少数民族，主要分布在土耳其、叙利亚、约旦和伊拉克，原来住在高加索黑海沿岸至库尔德斯坦地区。——译者注

　　清晨，女巫站在离沙漠不到一百步远的高地上。同往日一样，两个男孩带着他们的随从骑马走出宫殿，远远看见高地上有位像月亮一样美丽的少女。年轻的埃米尔说："我要娶这位姑娘。"瓦兹尔的儿子立马反驳："不，我要娶她。"瓦兹尔的儿子随即跳下马，朝高地奔去。女巫见他跑过来，便藏在高地后面，不叫他看见。等瓦兹尔的儿子跑到高地，女巫早已擦去脸上的脂粉，披上脏斗篷，露出掉光牙齿的牙床，难看极了。瓦兹尔的儿子跑到高地后去寻找那位少女，却只找到丑陋的女巫。这四周都是沙漠，也没地方藏人呀。瓦兹尔的儿子很不解，转身慢悠悠地回到埃米尔身边。

　　埃米尔朝瓦兹尔的儿子穆罕默德喊道："怎么回事？你是不是亲吻她了？"穆罕默德回答说："根本没有女孩，都是幻觉。"苏丹的儿子埃米尔一点也不相信，心中充满了愤怒：我的朋友在对我撒谎吗？他以为我是个傻瓜，我会相信这种事吗？他对穆罕默德说道："你肯定看见她了，还把她抱在怀里，撒谎有什么意思？"

　　埃米尔随即回了宫殿，没有像往常一样去沙漠。他招来了切尔克斯奴隶的指挥官，命令他杀了穆罕默德。"伟大的王子啊，我愿任您差遣，赴汤蹈火，绝无犹疑。但是，我的主人，他是你的朋友，何不把他关起来了事？""你要么取他性命，要么就别回来了。"

　　指挥官实在不忍杀掉那个男孩，从宫殿一出来，便杀死了一只猫，把猫血抹在剑上，掉头回了宫殿。瓦兹尔的儿子则躲在了一个秘密的地方。指挥官向埃米尔呈上剑："主人，这便是那把为您执行公正命令的剑。"埃米尔一瞧见剑上的血，顿时脸变得煞白。

之后，埃米尔为自己的决定悲伤不已。如今他没了朋友，日子过得忧郁无聊。一天，他带着奴隶们一直骑马到波斯湾，驻足在那里的高地。

他突然看见远处有一条船，正向自己驶来，航速比风还快。在阿拉伯半岛，没有一匹马能赶上那船的速度，当船越驶越近，他看见船上站着一位少女，比摩苏尔的花还美丽，比库尔德的雪还纯洁，她的身体看起来纤细又柔软，她的胸会唤醒最强烈的欲望。埃米尔热烈地向她示爱，女孩看见像月亮一样英俊的埃米尔，因为船的速度太快了，女孩赶紧向他示意，她把一根手指先放到眼睛上，再放到牙齿上，接着放到肚脐上，最后放到头上。埃米尔没有理解她的意思，而船很快消失在了地平线。

埃米尔问指挥官："她这是什么意思？"指挥官也不懂，只好如实告知。"去！把瓦兹尔的儿子给我找来，他懂得世间所有的密码和语言。"埃米尔急得大喊。指挥官听了只好如实告知："主人，我想您更清楚穆罕默德现在在哪儿吧。"埃米尔叹了口气，忧愁万分："我失去了我的朋友，现在又将失去我命中注定的新娘。"在场的一个奴隶看见此番场景，悄悄告知了瓦兹尔的儿子穆罕默德。穆罕默德来了，要求见埃米尔一面。能再见到朋友熟悉的面庞，埃米尔又吃惊又兴奋，立马赏了指挥官一千枚第纳尔和一个美丽的使女。

瓦兹尔的儿子穆罕默德为苏丹的儿子埃米尔·阿卜杜拉解开了女孩留下的信息之谜。女孩名叫艾因（眼睛），她的父亲是国王，他的力量（牙齿）仅次于女孩的美丽，他的王国是苏里（肚脐），宫殿上方有一棵石榴树。

埃米尔·阿卜杜拉召集了船只、水手和士兵，带上满船的金银珠宝去了苏里王国。苏里国王见他如此英俊、富有，便将女儿嫁给了他。他带着苏里国王的女儿回到自己的家乡，全心全意爱护着女孩，和她生了许多儿子。这些儿子英俊如月亮，强壮如狮子，坚毅如长矛，有着阿拉伯人与生俱来的勇敢无畏。

瓦兹尔的儿子穆罕默德得到了大笔财富，在他父亲死后，继承了父亲的地位，成了新一任瓦兹尔。

克尔曼沙赫的王子

从前，克尔曼沙赫[①]有位王子，他拥有这片土地上的前人从未有过的巨额财富。他的护卫队有一千骑兵，骑的是阿拉伯最上乘的马，马蹄上套着金蹄铁，马鞍是用狮子皮制成的。他们都身着中国的丝绸，当时常用的金属是金和银，而他们手里拿的剑是用大马士革钢铁锻造的。

王子娶了波斯苏丹的女儿为妻，她就像库维特的珍珠一样美丽，脸和身体光滑如珍珠，使得王子要把她像收藏珍珠一样藏起来，不让别的男人看见。男人一旦见了她的美貌，眼里便再容不下别的，就像有了太阳，再也看不见香烟的光芒。

王子带着她回到宫殿，两人甜蜜愉快地度过了好几个月。随后，妻子怀孕了，诞下了一位小王子。他很高兴，下令举办一场前所未有的盛宴。宴席上有一千只

[①] 克尔曼沙赫（Kermanshah），现伊朗省份，位于伊朗西部，北面与库尔德斯坦省为邻，东面与哈马丹省接壤，南面与伊拉姆省及洛雷斯坦省交界，西面连接伊拉克。——译者注

克尔曼沙赫的王子

羊、一千只鹅、一千只鸭子和一千只孔雀，搭配着大米、酸橙、核桃和松露，排场如此之大，想从宴席一端走到另一端，哪怕骑上快马也得要一个多小时。还有数不尽的酒桶，盛满来自摩苏尔、希拉、俄国和法兰克的酒。君王、王子、贵族、大酋长、族长、军队长官和大商人们都来了，来祝贺克尔曼沙赫的王子鲁斯塔姆，宾客们在宴席上大吃大喝，不醉不归。

鲁斯塔姆妻子的父亲——波斯苏丹也来了。所有人停下了手中的刀叉，鲁斯塔姆起身向苏丹和各位尊贵的来宾致谢。王子起身后，全场顿时没了声响，众人是如此尊敬他，都想认真聆听他的讲话。宴席上安静得可以听见远处蜜蜂的嗡嗡声，连苍蝇落在丝绸桌布上的声音也能听见。王子站起来的时候发出了一点"噪音"。对于波斯人，对于我们，制造噪音，即打喷嚏、咳嗽甚至打嗝都不至于太羞耻，但有一种噪音，哪怕再不知廉耻的人也不愿意发出，克尔曼沙赫的王子殿下却做了。

苏丹、大酋长、大贵族、商人、首领们听见这声响，都诧异极了。从远处传来了奴仆的笑声，奴仆是没有尊严的，他们不知道这种行为究竟是否得体。鲁斯塔姆王子感到十分羞耻，脸一黑，转身离开了宴席。

鲁斯塔姆王子回到宫殿，没有理会他人，径直去国库里取出一袋金子，命人给他最快的马装上马鞍，准备一走了之。所有的仆人和侍从中，只有一个名叫卡伊斯

的男孩来到他跟前，对鲁斯塔姆说："我的主人，请允许我陪伴你。"王子答应了他的请求。

他们打算去往俄国人的地盘，那儿没人知道王子的姓名，更没人会谈论他的事迹。两人骑在山间小路上，没有带警卫护兵。路过库尔德人的土地时，他们遭到哈马文部落一群强盗的伏击。鲁斯塔姆王子拔出剑来，一有盗贼上前，他就将他们杀死，直到道路上堆满了尸体，跟随他的男孩卡伊斯也拔出匕首，保护着主人鲁斯塔姆不被背后袭击。

但库尔德人人数众多。有句老话就说库尔德人像蝗虫。第二天清晨，哈马文部落又来了一拨人，这次他们击败了鲁斯塔姆，夺走了他的剑、马、黄金、衣服和鞋。鲁斯塔姆受伤并倒在了地上，他们以为鲁斯塔姆已经死了，便把他丢在地上不再理睬，把男孩卡伊斯当奴隶卖了。

又过了一晚，等到太阳升起后，鲁斯塔姆恢复了意识，发现自己全身赤裸躺在库尔德的一条小路上，他起身四处游荡，终于找到一个村庄，向村民讨了碗水，还向他们打听男孩的下落，可没人作答，因为没人能听懂他的话。他挨个村落问过去，终于有了男孩的消息："你说的那男孩被印度的一位拉者①买走了，正被送往印度，

---

① 拉者(Rajah)，是东南亚以及印度等地对领袖或酋长的称呼。在印度，伊斯兰教传入后，"拉者"专用作印度教君主、领袖的称呼，用以区别伊斯兰教的"苏丹"和"纳瓦卜"。——译者注

我们看到他赤身裸体，双手也被绑了。"

鲁斯塔姆听闻这一消息非常悲痛，决心前往印度。他为这趟印度之行走了五年，因为没钱，每到一个城市，他都得停下来，去集市上当搬运工，为下段行程攒食物。在阿富汗的坎大哈市，他还曾求过当地集市的商人，问他们谁需要一名强壮的搬运工。

一位犹太商人雇了他，把他带到家中，告诉他："把这些箱子搬到山上，放进山洞里。"鲁斯塔姆把箱子一个个搬到山上，按商人的指示将它们放进了一个秘密的山洞。箱子很小却很重，鲁斯塔姆知道里面装的是金子。当他把最后一个箱子搬到山上，商人给他带来了食物和酒："吃吧，喝吧，辛苦你了。"

商人以为鲁斯塔姆只是山里来的农民，却不知道他可是最聪明的王子。鲁斯塔姆想到人一旦有了金子，就变得像狐狸，不会显露自己的巢穴和财宝，便告诉商人："主人啊，当着您的面吃饭不太合适。"他独自走到山洞拐角处拿食物，但他没有动食物，假装发出吃喝的声音，接着又装睡，瞥见商人正攥着匕首向他靠近。

鲁斯塔姆立马跳起来抓住商人，那商人一落到鲁斯塔姆王子手中就变得像个无力的孩子，被轻松解决了。鲁斯塔姆打开箱子，发现里面装满了奇珍异宝以及世界各国的钱币。等鲁斯塔姆数完有多少宝藏，天都黑了。

商人的儿子们见父亲迟迟不归，焦急不安，其中一人说："恶魔降临在了我们的父亲身上。"另一人回答："我想你说对了。如果看见那搬运工，一定把他交给卫兵，为父亲报仇，我们就能知晓真相。"

到了清晨，鲁斯塔姆从山洞返回城镇，走到城门口时，犹太商人的儿子看见了他，便大喊："抓住这个人，他杀了我们的父亲，抢走了父亲的财产。"卫兵一听便抓住鲁斯塔姆，搜身检查，发现他衣服口袋里装满了从商人那抢来的黄金、珍珠和宝石，衣服上还有商人的血迹，便认定鲁斯塔姆杀了人，把他用链条锁起来，带去见护卫队长。

犹太人跟去哭喊："队长啊，求您主持正义。就是这搬运工谋杀了我们父亲。"鲁斯塔姆一时间不知所措：我该如何才能摆脱这件事呢？还没等他反应过来，护卫队长就从椅子上站起来，跑到鲁斯塔姆跟前拥抱了他，并吻了他的脸颊，吩咐卫兵放了他，卫兵们听令，解开了套住鲁斯塔姆的链条。这护卫队长正是鲁斯塔姆王子当年的随从男孩卡伊斯，他现在都长成二十岁的小伙子了。

卡伊斯给鲁斯塔姆讲了自己的经历：我在市场上被卖给了一位印度拉者，和其他奴隶一道被锁在两头大象间，当时的我赤身裸体，真觉得一点希望都没了，拉者带着我们这些奴隶出发去了印度。我们每天要走二十个小时，一停下，那些人就会鞭打我们，毫无怜悯之心。一天晚上，我们走到了这座城镇的大门口，因为晚上城门关了，要到天亮才能开，我们只得停下来。他们给了

奴隶一些谷物和水。我正吃着的时候，看到一只老鼠跑
了出来，便一手抓住老鼠，攥在手里。我们在门外唤了
几声，卫兵听到便打开了城门，让我们通过，先走的是
拉者和他的士兵，再是大象与一连串和大象锁在一起的
奴隶，我是最后一位通过城门的奴隶，我的身后是另一
头大象。但在那头大象穿过城门前，我把老鼠放到象鼻
子上，让它顺着象鼻钻进了大象脑袋。

　　大象立马跟疯了一样，转身就跑，力量抵得上一百
头象，这一点也不夸张。这头落在队尾的大象肚子上套
着铁链，连着走在最前面的另一头大象，最前面的大象
已经穿过城门走进了坎大哈，我们这些奴隶被串在两头
象中间的铁链上。最后面的大象一跑起来，铁链绷紧，
拽得最前面的大象四脚离地，不停往后退，直到撞在坎
大哈城门上，就像软木塞堵住了瓶口，我们这些奴隶也
跟着悬在了半空中，铁链要是那时候断了，我们肯定都
得飞到摩洛哥人的土地上。不过铁链很牢固，并没有断
裂，但坎大哈城门的塔壁已经出现了裂缝，卫兵拉响了
警报，一听警报声，军队和人民集合在一起，大声哭
喊，以为印度拉者想攻破城门，带着军队来占领城镇，
阿富汗的士兵跑来制服了印度拉者的士兵，城门口顿时
挤了一大堆人。

　　我被赤身裸体地挂在铁链上，只好向聚集起来的群
众喊："我们是穆斯林，被人奴役，囚禁在你们的土地

上，你们允许或是你们的法律允许这样的事发生吗，我亲爱的阿富汗人民？"他们回答说："自然不能奴役信徒。"

一位高级军官骑着马向我走来，对我说："哦，孩子，如果你是穆斯林，请说出我们的信条。"这时，印度士兵已经成了囚犯，没法再阻止我，我便说出了信条。军官确认了我是信徒。他们带来了士兵，杀了大象，还带来了铁匠，帮我们解开锁链。我实在太累了，一挣脱锁链便瘫倒在了地上。他们把我带到一间房子里，把我放在床上，我的背上满是鞭子抽打的伤痕，手腕已经被铁刺扎得露出了骨头，他们往我身上抹油，又在我的背和手腕上抹了些药膏。

清晨，我们找到了长官，给他讲了我们的经历。他下令把拉者的财宝分给我们作为补偿，并把王公和他的仆人、士兵充作奴隶售卖。我就在这座城市住下了，当阿富汗同俄国以及印度作战时，我也加入了战斗，有了你之前教我的战争知识，我在军队里简直如鱼得水，阿富汗国王对我的表现非常满意，给了我很高的军职。

鲁斯塔姆听了卡伊斯的故事很高兴，他也把事情经过完完整整地告诉了卡伊斯。卡伊斯下令把犹太商人的儿子关了起来，说他们做了伪证，此外，他还派士兵把商人的财宝带回城里，一半分给了穷人和慈善机构，一半暂时保管起来。鲁斯塔姆得到了一栋大房子，一群男仆女仆，还有护卫队中尉的职位。

巴格达商人之子杰米尔

据传在哈伦·拉希德时代,有位名叫杰米尔的年轻人,他生活在和平之城①巴格达,是名布商的儿子。

父亲去世后,杰米尔从父亲那继承了商铺及商铺里的布料和丝绸,还有一箱得二十个人才能搬动的金子,成了和平之城最富有的商人之一。

杰米尔为父亲哀悼了好几个月,把父亲安葬在纳杰夫,才又回到巴格达,接替了父亲的生意。到了晚上,他常会乘船游览群岛,吃烤鱼,喝亚力酒。一天晚上,他在船上注意到河边有栋花园小屋,透过房屋窗户,他看见了一位女孩,这位女孩惊为天人,肌肤细腻如百合花的花瓣,略带些玫瑰色彩,有双羚羊般的眼睛,还有

---

① 和平之城,即麦地那特萨拉姆(Medinat es Salaam),是巴格达诗歌中使用的名称之一。这座城市最初建造时被称为麦地那特萨拉姆,但人们仍然坚持将其称为巴格达,意为父亲的花园,是现今城市地址的旧称。阿拉伯人喜欢这些诗意的名字,它们与通常使用的名称不同。伊拉克有时被称为比拉德拉菲丹(Bilad el Rafidain),即两河之国。耶路撒冷(Al Quds,古德斯,即阿拉伯语中的圣人)有时被称为贝特·奥尔-莫卡达斯(Bet al-Maqadas),即圣殿。

丰满的胸脯，纤细的腰肢。杰米尔暗暗下定决心：除了爱她，我无欲无求。

杰米尔回到家中，没有再去游岛，而是找到一位谨慎且能够保守秘密的妇人，让她去找到河边那栋种有石榴树的花园小屋，向女仆打听下那位有着月亮般美丽面庞的女孩，希望了解有关她的一切。早上，妇人回来了，告诉杰米尔："那位月亮女孩名叫阿米拉，她的父亲是位理发师，阿米拉很小便跟随父亲从设拉子来到了这儿，长途旅行简直太可怕了，我记得小的时候，父亲带着我在炎炎烈日下从摩苏尔骑驴外出……"

杰米尔的思绪飘向了别处，完全听不进妇人的话，只好打断了她："阿米拉结婚了吗？""还没有。""她有堂兄①吗？或者有人有权娶她吗？""没有，她并无婚约在身。她刚来的时候一贫如洗，父亲过世后没给她留下任何遗产，不过她现在却极其富有，她的财富甚至多过你的财富。"杰米尔对此感到很意外："你说她还未婚，那这些财富从何而来？"

聪明的妇人回答道："我已经调查过了，我敢肯定她还未婚，她的女仆们都发誓从未看到有男子碰过她的

---

① 部落仍然保留男人要求与堂亲结婚的权利。如果女孩或她的父母不想要这门婚事，那么在某些情况下可能有必要赔偿男人。家族观念也是迫使男人娶堂亲的重要因素。尽管如此，大部分婚姻仍发生在不同家族之间，而且令人惊讶的是，大量婚姻实际上发生在不同部落之间。

手。不过，她的财富确实来自她的美貌，因为她的容颜胜过和平之城里任何一名女子，有钱人和贵族们愿意付上成袋的金子，只为一睹她的芳容，你知道的，那些贵族家庭和皇室都热爱美好的事物。如果你付上五十第纳尔，可以看她的脸；付上一百第纳尔，可以看她被精美丝绸包裹的上半身；付上二百第纳尔，可以看她全身穿戴伊斯法罕最稀有的刺绣；付上五百第纳尔，可以看她全身赤裸的上半身；而一旦付上一千第纳尔，便可一睹她完美无缺的胴体。不过，你和女孩间会有一排同男人胳膊一样粗的铁栅栏，你只能站在固定位置，从固定角度欣赏，不得接近女孩。"杰米尔听了很是吃惊。

整整一晚上，杰米尔没有丝毫睡意，他躺在床上思索：有什么办法能娶到这位女孩，同时又不让我的同伴们知道她的生财之道呢？可他苦思冥想也没能想到好的办法。第二天清晨，他实在太想见心爱之人了，终于，思念的欲望战胜了理智，他起身来到集市，去了一家精于变装的店铺，心里想的是：如果我要娶这位女孩，她一定会因为我知道她做的事情而感到羞愧。他换上一套土耳其衣饰，粘上羊毛做的胡须，一套装扮下来，连朋友都不认识他了。

他跑到那栋石榴小屋前，敲了敲院门，门随后被一位身型高大、手持利剑的男子打开，在他身后还站着十位手持刀刃的大块头，一位年纪很大的女仆走到他的跟前。杰米尔告诉老妇人："我想见这家的女主人，阿米拉小姐。"女仆回答道："你想以何种方式相见？你想看她的脸，她包裹精美丝绸的上半身，她裹满伊斯法罕刺绣的全身，或是以其他的方式？"

杰米尔回答道："我不想以这些方式见你家的女主人，我只想和她谈些重要的事，你是不会懂的。""这是不可能的。"说完女仆向男子做了个手势，男子就准备冲上来对付杰米尔。杰米尔见状只好说道："这是五十第纳尔，我要看女孩的脸。"女仆接过钱，打开嵌在墙上的一道门，同拿剑的看守一道引着杰米尔穿过狭窄的楼梯，来到一个小房间，房间的一面墙被打通，连着另一间布置得很豪华的房间，只不过开口被一排铁栅栏隔开，只能观望。女仆走时警告杰米尔："不能和我们女主人说话，你一开口，她便会立马从你眼前消失。"

杰米尔在房间里等候着，他的心激动得怦怦直跳。这时，一扇门被打开了，铁栅栏后出现了他心爱的阿米拉小姐的面庞，杰米尔一见倾心。她的耳朵似花瓣，前额似牛奶般洁白，双颊的色泽又似成熟的桃子，她的嘴唇更似欲望的巅峰，还有她的眼睛，只一眼便能让人丧失理智。杰米尔就这样注视着心爱的人，万般思虑顿无，他对她说："我的小姐，一位斯坦布尔的富商派我到此，他想娶你，会赠予你一箱黄金，以及数不清的精美布料。只要你愿意离开巴格达，和他成婚，他会满足你所有的愿望。"但阿米拉小姐听完打了一个手势，随后一扇铁制的百叶窗落下来，阻断了杰米尔的视线。杰米尔只好离开那间屋子，心里苦闷极了，他回到店里，根本无心做生意，什么都不愿想。

　　之后的每一天，他都会去那栋石榴小屋，给女仆递上一千第纳尔，这样就能完完整整地欣赏所爱之人。可当他每次试图和阿米拉对话时，百叶窗就会落下来，女孩瞬间从他的眼前消失。就这样过了六个月，杰米尔把店里的布匹以及所有值钱的东西都变卖了，变得一贫如洗。

　　当他的钱用光后，杰米尔又穿上最初那套便服，来到石榴小屋，告诉女仆："我已经拜访过数百次，主人给我的钱也花光了，但我仍然没能完成使命。能否通融一下，让我再见你家女主人一次，有个了断？"女仆听后给看守打了一个手势，看守们直接上前揪住杰米尔，把他轰出了院子，弄得他满身尘土，这还不够，他们还用鞭子和棍子抽打他，打得他满身血痕，奄奄一息。女仆这时又上前告诉他："从这里滚出去，别再来了，你这奥斯曼的走狗，我这是在替我的女主人报仇，我的女主人就是来向所有的男人复仇的。她的父亲原是法尔斯①的国王，有着王室血脉，由于遭到大臣和士兵的背叛，王国

---

　　① 法尔斯(Fars)，伊朗的省份，省会位于设拉子市。——译者注

被推翻，只能逃离故土。可我们女主人的母亲却不幸被抓住，遭受百般侮辱，最后还被人用十分残暴的方式谋杀了。等到我的女主人长大成人，知道了这些事后，便决心用自己唯一的武器——绝世的美貌来摧毁男人，在她眼中，男人永远只有邪恶与背叛，善良与美德都是留给女人的。"杰米尔听了女仆这番话，从地上爬起来回到了自己店里，他心里痛苦极了，看着自己空空如也的店铺，掩面痛哭。

就在同一天，信士长官[①]的朋友兼同伴阿布·努瓦斯[②]正经过市场，想找一些好玩有趣的事来转移下主人的注意力，让他更快乐一点。他突然看到一间空荡荡的商铺里坐着一位美貌的少年，正哭得撕心裂肺。

阿布·努瓦斯走到杰米尔跟前："嘿！嘿！孩子，你在卖什么？是在售卖你的美貌吗？我看你的店里也没别的东西。"杰米尔回答道："求你离我远点，像躲避瘟疫一样躲远点，我现在一无所有，除了心爱女孩的脸，我的眼里再装不下任何东西，也没法做任何事情。只有死神才能让我从这折磨中解脱出来。"努瓦斯听后坐到杰

---

① 信士的长官(Amir al-Mu'minin, The Commander of the Faithful)，伊斯兰教发展初期穆斯林对政教合一的领袖哈里发的尊称。此处应指哈伦·拉希德。——译者注

② 阿拉伯著名宫廷诗人，本名哈桑·伊本·哈尼，生于波斯阿瓦士，在巴士拉长大。初到王宫时，因政局突变潜往埃及避难。30岁时辗转返回巴格达，撰写颂诗多篇，博得哈伦·拉希德和阿敏两位哈里发的赏识。——译者注

米尔身边，不断向他提问，直到他将整件事和盘托出。阿布·努瓦斯听了杰米尔的故事，想道：这对我的主人而言倒不失为一桩趣闻。

阿布·努瓦斯告诉杰米尔："孩子啊，对你的遭遇我深表同情，你已经做了这件事，这是像你这样的年轻人常会做的事。智慧和经验将帮你获得你所渴望的一切。如果你愿意追随我，你将重获财富。只要我一睁右眼，你就必须重复我做的每一件事，模仿我的行为；一旦我闭上右眼，你就什么都不能做，不能有任何行动。你会实现你的心愿。"

阿布·努瓦斯带着杰米尔来到先前那家变装店铺，他们穿上了一套中国人的服饰，这次，阿布·努瓦斯没有再让杰米尔遮挡他俊美的脸庞。他们来到河边，阿布·努瓦斯拿出一袋金子买了条船，随后又买了一头强壮的驴，用绳子把它套在船上，不过努瓦斯没有把船放进河里。两人都坐在船上，让驴拉着船在沙土上行进，朝着石榴小屋的方向移动着，当他们靠近小屋时，努瓦斯唱起了歌：

"阿巴达巴，阿巴达巴，

达巴阿巴，达巴阿巴，

阿巴达巴，阿巴达巴。"

杰米尔模仿他唱起了这首奇怪的歌，他们就这样唱着歌经过了石榴小屋。突然，女仆打开了小屋的窗户，努瓦斯和杰米尔见她朝女主人喊："主人，快来，这有外邦人坐着船在地上走，太可笑了，快来看。"话毕，阿米拉那张可爱迷人的脸庞便出现在了窗前，这次她可没有蒙上面纱，努瓦斯见状便对杰米尔说道："好好看那张脸，这次我们可一分钱都没花。"

随后，阿布·努瓦斯叫停了驴，从船上下来，还从船上卸下米、肉和锅，捡了柴，点着了火，不过他是在锅里点着的火，把米放在锅的下面，没有用任何器皿盛着，也没有浸在水里。阿米拉看了告诉女仆："你看这些男人是怎么做饭的，米不在水里，就没法被火加热，这米饭该怎么吃呢？"等米在火下烤了十分钟，阿布·努瓦斯对杰米尔说："来吧，兄弟，食物已经煮好了，我们吃吧。"说着努瓦斯抓了一把米，倒在了杰米尔的衣襟上，杰米尔也有样学样，抓了米，倒在努瓦斯的衣襟上。

阿米拉看见此景，更觉得稀奇，对女仆说道："我们出去看看这趣事吧，反正现在附近也没人。"阿米拉和女仆便从石榴小屋里出来，走近努瓦斯和杰米尔："远方来的人啊，欢迎你们，我们对你们的风俗习惯很感兴趣，我们两个女人什么也不懂，从来也没见过你们这种奇怪的行为，你们到底是哪儿人，来自何方？"

努瓦斯回答道："小姐，我们来自比中国更远的一片土地，隔着山海，从未有阿拉伯人来过。我们的国王是伟大的阿巴达巴国王，他是如此慷慨、圣明、伟大，他曾定下一套行为准则，如有违反，代价便会是死亡。他还曾说火是最强大的元素之一，甚至能吞噬包含智慧的书籍，因此，把食物放在火上是对火的侮辱。我们国王的智慧便是这样的，他认为只有粗野的人才会乘骑动物，因为人本不能凌驾于神造的动物之上；轮子是邪恶的，因为轮子是魔鬼伊布里斯的心爱之物，伊布里斯十分痛恨直线，有什么会比轮子更弯曲呢？也因此，我们的国度禁止车轮和骑行，无论是在水上，还是在陆地，我们都是这样乘船旅行的，如果你问我为什么把米倒在衣襟上，我想说没人会愿意把生米塞进嘴里吧。"

阿米拉和女仆听了努瓦斯的话，简直难以置信，笑道："让我们给你们些精心烹饪的食物吧，旅途漫漫，你们先吃点，以便恢复元气。"努瓦斯听了便回答道："我们很感激，也愿意接受，但有一个条件，你们得拿着食物送进我们嘴里，我们的阿巴达巴国王有一面魔镜，可以看见所有的臣民，不过他看不见你们。如果他看见我们的手伸向自己的嘴，会怀疑我们在吃火烤的食物。"

阿米拉和她的女仆回到石榴小屋，开始预备食物，她们杀了一头羊、一只鹅、一只鸡、一只鸽子和一只云雀，煮完之后，她们把鹅塞进羊肚子里，把鸡塞进鹅里，把鸽子塞进鸡里，最后把云雀塞进鸽子里，她们把肉堆在最好的琥珀大米上，加上藏红花和松露精心烹制。阿米拉对女仆说："如果说还有男人有善良和美德，便是那位青年，他的脸上有天堂之美。"

阿米拉和女仆把煮好的食物拿给阿布·努瓦斯和杰米尔，此时夜幕已经降临，夜空里闪烁着新月和星星的光芒。她们又拿来了醉人的美酒，由女仆来喂努瓦斯，阿米拉来喂杰米尔。努瓦斯和杰米尔饱餐了一顿，还喝了不少美酒。

努瓦斯怀抱着女仆，亲吻了她，阿米拉看着杰米尔俊美的面庞，心生爱意，对他说："你能像你朋友待女仆那样待我吗？"杰米尔听了这话，看向努瓦斯，发现他的右眼闭着，便没有照做，只好回答道："美丽的姑娘，你知道吗，我们伟大的阿巴达巴国王不允许接吻，只有通过特定的考试才有接吻的资格，每五年开考一次，还会有国王和宫室出席。接吻在我们国家是件极其重要的事，必须依照特定的章程。我的朋友已经通过考试，拿到了接吻许可，但我还从来没机会参加这考试，阿巴达巴国王只要通过魔镜，看见我有亲吻的动作，哪怕他看不到你的存在，也肯定会怀疑我，等我回国，我的惩罚就是亲吻一根加热到滚烫的铁棒，直到我的嘴被烧掉。"

阿米拉听了杰米尔的话，很惊讶，也很难过，她看着努瓦斯热烈地亲吻她的女仆，撩开她的长袍……

阿米拉看着努瓦斯和她的女仆，又对杰米尔说："请像你朋友待女仆那样待我吧。"杰米尔又看向努瓦斯，发现他的右眼还是闭着，杰米尔说："亲爱的姑娘，你知

道，我们伟大的国王阿巴达巴把这件事看得比接吻还重要，考试也更严格，虽然我的朋友成绩很好，也通过了这一考试，但我从来没有参加过这一考试，更别提通过了。如果阿巴达巴国王透过魔镜看到我在没有证书的情况下做这件事，等我回国，我的惩罚是和一只咆哮的母老虎关在一个笼子里，旁人会说：'像你对女孩那样对待这只母老虎吧。'至今没人能活着走出笼子。"阿米拉听了年轻人的话，很惊讶，心里越发难过。

这时，阿布·努瓦斯发话了："如果你想和他在一起，只有一条路可行，那便是这年轻人永远不再回到阿巴达巴国，不过这样他不得不丢弃在阿巴达巴的财富。小姐啊，如果你能签一份文件，承诺把你的房子、土地、黄金、家具等所有属于你的贵重物品都赠予他，并嫁给他，他便能无所顾忌地和你在一起。"

阿米拉看着年轻的杰米尔，她太爱他了，便接过杰米尔拿出的纸笔，签署了文件。努瓦斯和女仆作为见证人，杰米尔迎娶了阿米拉。等努瓦斯回到宫中，把这件事告诉了自己的领袖哈伦·拉希德，他听了很开心，赏赐了杰米尔一个在巴士拉的高级职位，还赏赐了努瓦斯一袋黄金。

来自贝尼胡柴

迷失的灵魂

据说，巴士拉曾经有三个奴隶，他们常常偷花园里的菜去卖，赚到钱就去酒馆，把葡萄酒和亚力酒①混在一起，又把亚力酒和尼亚克白兰地混在一起，喝得醉醺醺的。

一天晚上，他们和往常一样，从酒馆出来走到街上。奥斯曼帝国的一位高级官员，即一位帕夏，朝他们走来，帕夏穿梭在城里寻欢作乐。其中一个奴隶贾法尔，醉得神志不清，跑到帕夏跟前，抱住他的脖子，把他扔到地上，说道："噢，高贵的帕夏，你财产显赫，苏丹甚至让你骑在我们头上，我只是个可怜的黑人。而现在我站在你面前，你却在我脚下，我太惊奇了。"帕夏站起来，拔出剑，给了贾法尔重重一击。贾法尔跌倒在地，帕夏扬长而去。

奴隶哈米德对奴隶阿里说："我们的同伴受伤了，他身上流了很多血，快去找个医生。"奴隶阿里跑去找了位

---

① 中东亚力酒(Arak)，与Arrack，即产于东南亚、南亚的亚力酒不同。——译者注

迷失的灵魂

迷失的灵魂

学识渊博的医生回来。医生检查了躺在地上的贾法尔，转身对他们说："你们无缘无故就带我来这里，要知道我是巴士拉以及整个伊拉克最熟练的外科医生，没有伤口会严重到我没法治的地步。虽然这个伤口我可以治好，但有件小事，我无能为力：这具身体里没有灵魂，灵魂已经出窍了。"说完这些话，医生就离开了。

两个奴隶哈米德和阿里讨论起医生说的话，说："只有一种方法可以帮助我们的同伴，那就是找到他的灵魂，将灵魂放入他体内，这样智慧的医生就可以治愈他的伤口，他就可以和从前一样。"他们俩果然对宗教问题一无所知。奴隶哈米德对奴隶阿里说："我们在哪里可以找到贾法尔的灵魂呢？"阿里答道："他没有钱，所以他会去菜园里偷菜，卖了钱好寻欢作乐。"

于是这两个奴隶来到菜园，当他们走近时，听到一阵喧哗和骚动。奴隶阿里问其中一个阿拉伯农夫："这里发生了什么，怎么这么吵？"农夫回答："晚上，有一个又大又黑的鬼出没，它把蔬菜撕得粉碎，大搞破坏，但是黑暗中我们无法辨认它是什么，只知道它又大又黑。"奴隶哈米德对奴隶阿里说："这个黑色的东西肯定就是我们的朋友贾法尔的灵魂，因为它又大又黑。"阿里回答："确实是他，不过现在我们在哪里可以找到他呢？"哈米德说："既然他现在有了可以卖钱的蔬菜，除了妓女哈比巴家，我们还能在哪里找到他呢？"阿里说："你说得对。"

奴隶阿里和奴隶哈米德去了妓女哈比巴的家，他们试着开门，发现门锁了。奴隶阿里拿起门边的一根铁棍，敲了敲门，两个奴隶都喊着让妓女哈比巴开门。但这时候，要知道，哈比巴并不是一个人在家，和她一起的还有一位高级官员，即一位贝伊①，他在统治巴士拉的奥斯曼帝国中担任体面的职位。贝伊走到窗前往外一看，发现两个奴隶在敲门，喊着让哈比巴开门。而那所房子里，门是唯一的出口。

贝伊想着：这些奴隶看起来醉醺醺的，很是兴奋，如果我走出那扇门，可能会和他们发生争吵。我虽可以杀死他们或者叫警卫捉拿他们，但此事必传遍全城。我的妻子会问我去哈比巴家做什么，我的朋友们会在咖啡馆里嘲笑我，当我走近他们，向他们打招呼时，气氛会变得沉默，所有的目光都会落在我身上。不如我聪明点，披上床单，扮成鬼。这些奴隶是很迷信的，他们看到鬼魂就会惊慌失措地跑走，我就能平静体面地回到家里。于是贝伊拿起一张床单裹在身上，哈比巴将木炭涂在他脸上，简直没法看了。然后他打开门，尖叫着冲了出去。

奴隶阿里和奴隶哈米德看到鬼魂从哈比巴家出来，阿里哭着说："这是我们朋友的灵魂。"哈米德喊道："这

---

① 贝伊（Bey），又称贝格（Beg），突厥语中"首领"或"酋长"之意，在奥斯曼帝国时期，该词先是对贵族或旁系王子的尊称，其地位次于汗或帕夏；后来泛指各省区的执政者，曾被广泛使用于伊斯兰国家。——译者注

不是我们朋友的灵魂，他的灵魂是黑色的，而这个是白色的。"但是他喊得太晚了，阿里为了阻止"灵魂"逃跑，重重地敲了他的头，那"灵魂"倒在地上，了无生气。妓女哈比巴看见了，就出来诅咒他们："愚昧的人啊，知道你们做了什么吗？你们杀死了奥斯曼帝国的贝伊，宪兵队的贝伊。现在赶紧带走这具尸体，把他带得远远的，免得我卷入此事。"

奴隶阿里和哈米德掀开床单，看到贝伊仿若落入死神之手，阿里说："我很震惊，我们正在寻找一个没有身体的灵魂，却发现了一个没有灵魂的身体。"他们问："那我们能把尸体带到哪里呢？不管我们把他留在城里的哪个地方，土耳其人都会找到他，他们会说，阿拉伯人杀死了宪兵队的贝伊。他们也会不停地搜捕和掠夺，直至发现此事的真相。"哈比巴说："把他裹在毯子里，按尸体的样子捆起来，带到旅店。那里有个波斯来的车队，他们要到神圣的纳杰夫埋葬尸体。①你们可以把这具尸体和其他尸体放在一起，骆驼会在夜间卸货，到了早晨，他们不会发现多了具尸体，会把他装起来带走，葬在神圣的纳杰夫。"

阿里和哈米德把土耳其人的尸体放在毯子里，用绳

---

① 大部分波斯人是伊斯兰教什叶派教徒，有钱人家会将死者送往伊拉克埋葬。通常的习俗是家人到卡尔巴拉、纳杰夫和卡济迈因朝圣，同时将尸体送去埋葬。

子把他捆起来，带到停在旅店附近的车队里。骆驼在夜间卸货，尸体堆积如山，没有警卫也没有哨兵。谁会偷尸体呢？

奴隶们把贝伊放到那堆尸体里，不过他们把贝伊放在下面，然后把其他尸体堆在他身上，这样新鲜的死尸就不会露在表面。这两个奴隶就离开了，去寻找他们的伙伴贾法尔的灵魂。

其实，贝伊并没有被奴隶阿里的一击杀死，他只是晕了过去，过了一段时间他恢复了知觉，发现自己被绑在毯子里，手脚无法动弹。他只能闻到尸体的味道。

他想：我真的被杀了，他们把我和尸体放在一起，要把我埋了。但是我太罪恶，我能不能上天堂还是个未知数。贝伊哭了，他的内心充满悔恨，开始背诵《古兰经》中的经文。

这时，车队的主人，一个来自设拉子的波斯人，正在他的帐篷里计算他将从这些尸体中获得的利润。死者的亲属和继承人已经付给他一笔钱，让他把尸体从设拉子运到纳杰夫，买下一块土地埋葬他们。有些人花了很多钱买了靠近圣殿的昂贵土地，有些人花了一点钱买了远离圣殿的土地。他们还支付了埋葬的费用，并为圣殿捐款。车队主人的账本中一一记录了这些账款。

他想：如果我继续前往纳杰夫，就会把这些钱都花掉，那我的利润会很少，我也不会因这一切麻烦以及这些难以散去的尸体气味而得到补偿。不如这样，我把这些尸体扔在无人的沙漠高处，这样就便宜了那些豺狼和秃鹫。这对我来说很容易，只不过回程之时这些来自设拉子的骆驼客可能会说起此事，会让我毁在死者的挚爱亲人手中。

这个波斯人苦思冥想，终于想到一个办法：明晚到达下一站时，我们在远离城镇村庄的沙漠里扎营，这样骆驼客也不会感到奇怪，因为车队不太可能招来小偷。当他们在大锅里准备食物的时候，我就说：把这块肉也放在锅里。我就把一块下了毒的肉扔进去，到了早晨就会多出二十具尸体。这么多尸体，多二十具又算得了什么？骆驼已经没有上鞍的必要了，我会把它们牵到最近的阿拉伯村庄，在那把它们卖掉，带着我的利润回到设拉子。我会对人们说：死者已按照宗教礼仪埋葬，骆驼客在路上死于霍乱，他们也埋葬在神圣的纳杰夫，埋葬的费用是多少多少。

波斯人想得出神了，这时一个骆驼客突然闯进帐篷里大喊："主人，一个尸体正在背诵《古兰经》。"波斯人吓得魂不附体，他冲出帐篷，奔向那堆尸体，听到尸体堆里确实传来背诵《古兰经》的声音。他脸色发白，浑身发抖，心想：我的想法已经为死者所知了。

贝伊身上的尸体快让他窒息了，他无法忍受他们的气味，心想：这些尸体肯定是最低等人的尸体，有尊严、有地位的人怎么会有这种气味？我是贝伊，葬礼队伍中应该有很多人随行。我和这些人放在一起一定是搞错了。贝伊试图钻出那堆尸体，但他的手脚无法动弹。不过他发现自己可以像无腿的蛆一样蠕动，于是他就这样从尸堆里钻出来了。

波斯人和骆驼客看到有具"尸体"钻出来，吓得尖叫，双脚发软，无法动弹。贝伊听到他们的叫声，就朝着声音方向蠕动。波斯人和骆驼客看到"尸体"在地上朝他们蠕动，害怕极了。他们的双腿慢慢恢复了力气，就开始逃跑，骆驼客在离城镇几英里的地方停了下来。但是波斯人跑到一百英里之外的纳西里耶阿瓦士①之后仍在奔跑，后来再也没有人在巴士拉听说过他，有人说真主剥夺了他的理智。

而当波斯人和骆驼客逃跑时，贝伊躺在地上，像一只无腿的蛆一样蠕动着。他的头被打伤了，胳膊和腿被捆得紧紧的。他突然想到，他这么痛苦，不可能是一具尸体。他明白了，当他躺在地上昏迷的时候，有人用毯子把他裹住，捆成尸体的模样。贝伊不知如何从这种情况中解脱出来，他慢慢地在街上蠕动，此时是夜晚的第

---

① 纳西里耶（Nasiriyat el Ahwaz, Nasiriyat）是伊拉克南部城市，阿瓦士（Al Ahwaz, Ahvaz）也是伊朗南部城市，此处应指纳西里耶和阿瓦士这片区域，大概位于巴士拉和纳杰夫的中间。——译者注

六个钟头①。

那些路过那条街，看到"尸体"在街上蠕动的人都惊慌失措，恐惧地逃走了。贝伊继续往前，直到听见门口传来音乐。他知道这个地方就是娱乐厅，伟大的帕夏们和高贵的贝伊们晚上都在此聚集，听着音乐，欣赏女孩、男孩的舞蹈，在快乐和愉悦中度过夜晚。于是他挪进那扇门，甚至挪到了娱乐厅的中心。音乐戛然而止，每双眼睛都注视着躺在大厅中央的"尸体"。贝伊曾和尸体躺在一起，他身上是货真价实的死亡气味。伟大的帕夏们和高贵的贝伊们都用长袍袖子捂住鼻子，胆战心惊。

贝伊很清楚谁会在娱乐厅里欣赏女孩、男孩的舞蹈，尽管他看不见他们，但他知道他们的官阶，知道他们的名字，因为他们是朋友，经常在一起。

他开始说话，声音仿若从坟地爬出来的尸体一般，他说出所有在座人的名字，点明他们的官阶、身份，他们很害怕，脸色苍白。贝伊说："伟大的帕夏们啊，尊敬的贝伊们啊，奥斯曼帝国的同伴们哪，我是贝伊塔拉特。十二个月前，我在这个娱乐厅里死于腹痛，你们都参加了我的葬礼。要知道，死亡天使明确批准我爬出坟墓，我就是来警

_____

① 阿拉伯时间，即午夜附近。阿拉伯时间中一周或一天从日落开始(例如，阿拉伯的星期一从我们的星期天日落开始)。一周中每天的前十二个小时，即从日落到十二小时后，被称为夜间。接下来再十二个小时，被称为白天，这样完成二十四小时循环，形成完整的一天。

告你们的，邪恶正在等待你们，因为你们没有按规定祈祷。你们喝了禁酒，还享受邪恶的快乐。"然后贝伊又念了一遍他们的名字，并在每个名字后说出对应的恶习，伟大的帕夏们和高贵的贝伊们战战兢兢地坐在座位上。

　　然后，贝伊命令他们："你们从这里出发，即刻前往清真寺，在那里祈祷，直到黎明的第一缕曙光出现。你们回家后，要拿出十分之一财富捐给穷人，不要再踏进这烟酒罪恶之地了。"

　　帕夏们和贝伊们离开娱乐厅，不敢再做逗留。除了跳舞的女孩、男孩之外，大厅内空无一人，他指名道姓地说："你们身上的邪恶比他们少，我只希望你们能把我带到一个房间，把我放在床上，剪掉这些绳子，因为我现在必须回去见我的主人。但你们不可以掀开我身上的毯子，它遮住了我猝死的狰狞。要知道看到过我脸的人都死了。"跳舞的女孩、男孩往后退了退，他们也不想触摸贝伊。但贝伊用一种可怕的声音命令他们："抬我起来，否则我必召唤死亡天使，如果他来了，谁知道他会带谁回去。"

　　于是他们就把贝伊抬起来，放在密室的床上，剪断绳子。贝伊命令他们："你们即刻离开，日出前不要回来，今晚此地必有可怕之事发生。"于是他们都离开了。贝伊扔掉毯子离开房间，走出娱乐厅，体面而平静地回到家里，无人知道他的不幸。

　　两个奴隶阿里和哈米德把贝伊留在尸体堆后就继续

迷失的灵魂

去寻找他们的朋友贾法尔的灵魂。他们穿过巴士拉的街道，却看不到朋友的灵魂。

就在那晚，碰巧一只大黑熊从一个耍杂技的人手里逃了出来，原本他正用链子牵着大黑熊穿过巴士拉城，正是这只熊偷走了花园里的蔬菜。但奴隶们对此一无所知，也从未见过熊。他们彼此争论，哪里可以找到朋友的灵魂。奴隶阿里说："他不在妓女哈比巴的家里，他能在哪里？"奴隶哈米德回答："既然他会从偷来的蔬菜中得到钱，而且也不在妓女哈比巴家里，那么他唯一能去的地方就是酒馆，我们之前没去那里真是太愚蠢了。"

两个奴隶去了酒馆，当他们走近时，看到酒馆的椅子、长凳和桌子都被打翻了，里面乱糟糟的，装着亚力酒、尼亚克白兰地和葡萄酒的酒杯、瓶瓶罐罐都摔碎在地上，地上有一大摊酒液，不同瓶瓶罐罐的酒混合在一起，而旁边的大黑熊正喝着酒。奴隶阿里对奴隶哈米德说："喝酒的那个黑色的大家伙肯定是我们朋友的灵魂。"奴隶哈米德回答说："小心为上，它也可能是死去的贝伊的灵魂。他是奥斯曼人，他的灵魂也会是黑色的，奥斯曼人也爱喝酒。"奴隶阿里回答："你看他是把亚力酒、尼亚克白兰地和葡萄酒混在一起喝的。过去贾法尔常常这么喝，但贝伊和帕夏却是仔细啜饮白兰地或是葡萄酒的，这就是我们朋友的灵魂。"

两个奴隶走到熊跟前，抓住拴在它脖子上的链条，

55

把它牵走，说："来吧，贾法尔，回到你身体里去。"熊喝得酩酊大醉，奴隶们又推又拉才把它带到贾法尔的尸体边。奴隶阿里继而问道："我们要怎么把它放回体内，是通过嘴巴、鼻子、耳朵还是伤口呢，我们应该以什么方式把它放进去呢？"他们所有的尝试都失败了，熊喝得烂醉如泥，躺下就睡着了。

哈米德和阿里也喝了酒，有点神智不清了。哈米德说："我们只有一种方法可以办成此事。我们把灵魂和身体关在一个房间里，锁上门。当灵魂看不到房间的出口时，也许它会自动进入身体。我们现在就去找最聪明的魔法师，把他带到这里。如果当我们打开门，灵魂仍然不在身体里，他就会知道该怎么做。"于是阿里和哈米德将尸体和熊锁在门内，去寻找巴士拉最聪明的魔法师。

熊沉沉地睡了一段时间，但最后它因饥渴难耐而醒来，它的胃口被尼亚克白兰地、亚力酒和葡萄酒吊起。它找遍了整个房间也找不到食物和饮料，只有贾法尔的尸体。这时，熊觉得尸体也不错，它一口吞下了贾法尔的尸体，一点残渣都不剩。

阿里和哈米德找到了巴士拉最聪明的魔法师的家，把他从床上叫醒，带到房间。他们打开门，魔法师走进去。魔法师看了看熊和房间里的情况，他一下就意识到故事背后的真相，说道："灵魂没有进入身体，相反，身体已进入灵魂。"

来自费特拉

马科达——希拉的英雄

古时，有位少年住在希拉附近，少年名叫马科达，他的父亲是位伟大的战士，但他的父亲不幸死于战斗，没人再给他家食物和钱，马科达只能帮牧羊人放羊，早出夜归，赚钱买食物给母亲和自己。

等到他年满十六，母亲告诉他家里有一个大箱子，箱子里有一把上好的大马士革钢锻造的剑，剑柄是用金子打造的，箱子里还有一块镶金的皮铁盾牌，一支长矛，一把银制的匕首，一套昂贵的马鞍，一把镶着铁钉的柚木狼牙棒①，这些装备都是为战士准备的。

马科达的母亲告诉他："你父亲的尸体被送回家那天，我将他身上和马上的装备都取下来，洗净后放进箱子里，想着有一天，你会成为你父亲那样的战士，可以用上这些装备。这里还有一袋金子，也是从你父亲身上

————————————

① 狼牙棒几乎可以说是伊拉克南部的传统武器。如果你遇到一个在乡下进行日常活动的阿拉伯部落居民，他可能会携带狼牙棒和匕首。

找到的，我一点都没用，尽管这些年我们连肉都吃不起，只有穷人吃的枣子、大米和牛奶。你现在拿着这袋金子，去买匹最好的马，骑到北方去。波斯国王沙阿①的军队驻扎在底格里斯河畔，沙马尔、费特拉和杜莱姆等阿拉伯人的部落正骑马攻击波斯人，想把他们赶出阿拉伯的地界。"

马科达拿着黄金，去了希拉市场，那里出售上等马。他一眼相中了一匹三岁左右的马，它的皮毛黑得发亮，比市面上所有的马都要俊美，那匹马也一直盯着马科达。于是，马科达问商人："这匹马多少钱？"卖家看了眼马科达，见他不过是个穿得破破烂烂的放羊娃，笑着说："财主啊，你还是走吧，我怕你给我们太多金子，抬不动，我们实在太穷了，你还是走吧，别拿你的财富来诱惑我们了。"

马科达被商人的蔑视激怒了，说道："我的财富肯定多于你的财富，我敢打赌我钱袋里装的黄金比你钱袋里装的多，赌注就是我俩的钱袋。"卖家听了这话心想："这孩子已经丧失了理智，不如和他逗个乐，借机吸引一拨人，对生意也有好处。"于是卖家请了见证人，吆来了一大群人，宣布了这个赌局。

商人掏出了自己的钱袋，对马科达说："让我们来看

---

① 沙阿(Shah)，即波斯国王。——译者注

看你的吧。"马科达看见他鼓鼓囊囊的钱袋，再看了一眼自己的小钱袋，心顿时凉了一截。卖家把钱币倒出来铺在地毯上，有五百第纳尔的金币、一千第纳尔的银币和两千费尔的铜币。马科达也把钱袋里所有的钱币铺在地毯上，虽然没有铜币、银币，却有足足一千第纳尔的金币，见证人宣布："放羊娃赢了这场赌局。"

马科达拿走了商人的金币和银币，把余下的铜币分给了穷人。马科达和商人商量好了马的价钱，付了钱之后，他又问商人要马的血统和名字。商人大吃一惊，问道："你付完钱才想起问马的血统吗？"马科达回答说："看它的马腿、马背和那高贵的马头，我已然知晓它的血统，我只是需要一张血统记录，这就是我的要求。"商人听了便将血统记录交给了马科达，说："它是先知母马的后代，看这毛发，最是俊美。它的名字叫瑞尚①，有着贵族血统。"

马科达牵走瑞尚，跃上马背，骑回了家。母亲给马套上了父亲的马鞍，拿出她洗得金光闪闪的武器。母亲还给了他一袋枣子和一袋乳酪，对他说："你现在骑马到底格里斯河的部落营地去，到了那儿先去客帐向大家打招呼，他们会招呼你坐下，给你拿咖啡。你是生面孔，

---

① 英文写作 Rishan，多为穆斯林男孩名字，意为"好人"，"shan"本身有"尊贵""闪亮"之意。——译者注

如果他们问你的名字，你就说：'我是刀剑之父曼苏尔之子哈米德之子卡伊斯之子曼苏尔之子德盖特之子马科达之子曼苏尔之子德盖特之子萨米尔之子马科达。'这是个家喻户晓的名字，你只要这么说了，他们便会知道你是谁。你的父亲是名勇士，你的世代祖先都是勇士。"马科达亲吻并告别了母亲，而母亲看着儿子远去的背影，哭了。

马科达骑上马向北方奔去，穿过春花蔓生的沙漠，瑞尚的步伐轻快优雅。行走在沙漠中时，马科达常把长矛往前投两百步远，然后立即乘马去追，在长矛落地前稳稳地接住长矛，一人一马就这样走了很远。马科达看见了一头瞪羚，立马骑着瑞尚去追，心想自己的马肯定比瞪羚跑得快。受到追赶的瞪羚失去了自己的路线，冲进沙漠深处，马科达以同样的速度追赶着，几乎是并驾齐驱了，正当马科达拔出长矛准备刺向瞪羚时，瞪羚突然一个急转，甩掉了马科达和瑞尚。

为了追赶瞪羚，他们偏离了原本的路线，只好根据风向继续前进[①]，途中遇上一个又深又宽的干枯了的河谷。马科达看见远处有个山洞，洞口被类似蜘蛛网的东

---

① 熟练的沙漠向导通常可以通过风力、湿度和温度来识别风来自哪个方向。这句话的意思是，太阳被乌云笼罩，马科达通过风找到了自己的方向，这表明他很有技巧。唯一能利用风的人是那些能迅速察觉风向变化的人。——译者注

西遮盖着，每根线都像人的手腕一样粗，透过网可以看到洞穴里有个男孩，他光着身子，脖颈有条铁链，看起来十二三岁的样子。

马科达来到河谷底部，他下了马，拔出剑，告诉男孩："我会带你逃脱苦难。"男孩听了回答道："噢，勇士，你还是回去吧，以免我的不幸成为你的不幸，那网是用邪恶的东西织成的，被施了魔法。"但马科达不理会那孩子的话，挥剑朝网上砍去，可当他每切断一点，断口处又会生出新的线，抓住马科达的胳膊和腿，把他拽进网里，马科达整个身体都被线缠绕着，一点也动弹不了。

那男孩对他大声说道："可怜的年轻人，你知道自己被困在大魔法师佐罗的网里了吗？他会在黄昏时回来，把你从网里弄出来，然后问你的名字，问完他就会杀了你，用你来当晚餐。这是他的习惯。不过如果他问你的名字，你答马科达，他就不会杀你，他会像对我一样对你，你虽然逃过一死，今后的生活将会是一片黑暗。佐罗在这世上无所畏惧，因为他的魔法书告诉他，他既不会死于铁器，也不会死于毒药，更不会受这两者控制，但一位名叫马科达的人会来终结他的生命，至于如何死亡，他一无所知。所以，如果你告诉他你的名字叫马科达，他就不会吃你，因为他害怕你会让他腹部绞痛或消化不良，最后一病不起；他也不会杀你，因为害怕你的鬼魂来骚扰他。他会把你锁在这，做他的奴仆，听候他的差遣，这样你才不会伤害到他。我也叫马科达，他就是如此待我的。"

马科达听了那孩子的话，很震惊："我的名字就是马科达，也许我就是那命定之人。"男孩又说："那你想怎么做呢？我曾捉了很多条洞穴里的蛇，把蛇的毒液放进他的食物，但他就像品香料一样把毒液全吸进去。一次，当他背对我时，我拿起煮肉的铁叉，刺穿了他的心脏，但他却毫发无损，把叉子拔出来，鞭打了我一整夜。"

太阳落山，世界陷入一片漆黑，马科达已经被网缠得精疲力竭。突然，他听到阵阵令人胆寒的脚步声，大魔法师来了。男孩和马科达心里都不免恐惧，因为佐罗身上长满绿色的长毛，闪着邪恶的光，他有三个人那么高，却总是驼着背，全身散发出腐尸的臭味，他右手拿着一条很长的蛇皮鞭子，左手拎着两个小孩。

佐罗看见被网住的马科达，问他："你叫什么名字？"马科达说出了他的名字。佐罗气得脸都变形了。他露出尖利的长牙，念了句咒语，便伸手把马科达从网里捞了出来，他把马科达带入洞穴中，给他套上铁项圈，用铁链拴在洞壁上。马科达落在佐罗手里，丝毫没有还手之力。佐罗往后退了几步，挥起手中的长鞭，叫道："你怎么叫这该死的名字？你得做我的奴仆，做我的奴隶，你若不听话，我就会一直用鞭子抽你，抽得你皮开肉绽。"

佐罗把手上的孩子丢给男孩，说："今晚就用他们做晚餐。"马科达和男孩听了他的吩咐，畏畏缩缩，佐罗就一直用鞭子抽他们。洞壁后面有块裂开的石头，裂缝不宽，一直延伸到洞穴的外面，可以用作烟囱，裂口处放有铁制的扦子，他们把佐罗拿来的小孩放在扦子上，点燃柴火堆，等烤好了便给佐罗送过去。等佐罗吃饱了，男孩抓了两只洞穴里的老鼠，烤好了当作自己的晚餐，他们可吃不下佐罗的食物。

佐罗坐在桌边，拿起桌上的魔法书问道："噢，我的仆人，请回答我的问题，告知我答案。"魔法书开口了："我听见了，我会听从您的吩咐，我的主人。"于是，佐罗问它："我明天该去哪找食物？""您可以去山谷找阿拉伯人。"马科达听见魔法书竟然用一个女人的声音说话，异常惊讶。佐罗听了接着问："我究竟会如何死去？"魔法书回答道："您不会死于钢铁，也不会死于毒药，您的性命将断送在一位名叫马科达的人手上，这人现在就在洞穴里，至于您的死法，这是死亡天使控制的，我没法预测。"

佐罗转身愤怒地看向男孩和马科达，问他们："你们中间是谁会杀死我？"马科达心想：想要摆脱现在这种局面太难了。马科达以往放羊时，常会练习腹语来自娱自乐。他不张嘴就能假装一只羊跟另一只羊对话，甚至能让石头说话。

于是，马科达把自己的声音附在烟囱上，回答了佐罗："我就是你要找的人。"佐罗听见声音是从烟囱那发出来的，但男孩和马科达都没张嘴，震惊不已，又用他那可怖的声音问烟囱："你叫什么名字？你是谁？你怎么到这儿的？"马科达又用腹语回了话："我名叫马科达，是一名战士，我用魔法到这来取你的性命。"佐罗听了愈发愤怒，对着烟囱大吼大叫："你快从烟囱里出来！"马科达回答道："等我想现身时自然会出来。"

佐罗走到烟囱口，把手探进去，但烟囱又长又绕，于是佐罗把头和肩膀也挤进去，拼命伸长手臂往前探，居然把自己牢牢地卡在了烟囱里，不能前移，也没法后退。

马科达和男孩见状立马跑到烟囱边，马科达拿起铁扦子，刺向佐罗，可佐罗依然毫发无损。男孩提醒道："他不会被铁器或毒药伤到，我们试试用火吧。"他俩抱来大量木柴，堆在烟囱下，浇上灯油，生起熊熊大火。佐罗被火折磨得大声惨叫，身体一点点被火焰吞噬。

这时，魔法书开口了，是个女人的声音："伟大的马科达呀，我现在可以自由地说话了，这多亏了你，是你放火烧了佐罗，让我得以脱离他的控制。但是，年轻人，你要知道，这火焰并不能完全摧毁佐罗，假如他的一根头发或是一枚指甲逃过烈火，就会在夜晚又长出完整的躯体。你把我也放进火里，我必燃起烈火，不让一根恶毛存活。"

马科达拿起魔法书，说道："小姐，我相信你说的话，但在我照办之前，我想知道你是谁，为何成为现在的模样。"魔法书回答道："我名叫法蒂玛，我是精灵①，并不是亚当的子孙，但我触犯了法条，便被囚禁在这书里，要求我服从拥有此书的人，于是我便成了佐罗的奴仆，佐罗是半神半兽，他的父亲是神灵，但母亲是一只猩猩，他会一点黑魔法。请把我放在火上，让我完成这项使命，待书被烧毁后，我也能回归我的种族。"

马科达把书投进火中，立马激起蓝色的火焰，完全吞噬了佐罗。蓝色火焰接着化为一位美丽的姑娘，姑娘走到他们跟前，说："谢谢你，伟大的马科达，这对于精灵和人族都是一件幸事。为了表示感谢，你可以在我离开前命令我做三件事，请随时吩咐，我必会遵守我的诺言。"

马科达说道："小姐，我的第一个要求是让我和这男孩安然无恙地离开这邪恶的洞穴；第二个要求是帮我找到我心爱的马，我的瑞尚，让它等候在洞外，不要受到任何伤害；第三个要求是让我和我的父亲谈谈，我从未

---

① 英文写作Jann，也叫Jinn，阿拉伯神话中地位比天使低，能变成人形或动物，并能操纵人类的神灵、神怪。——译者注

和他说过话，也从未像其他儿子那样接受父亲的教导。"

精灵很赞赏他的选择："真是明智的选择，你若向我求取王国或金子，我也一定会给你，但王子未必比常人快乐，黄金也只会招致妒忌和仇恨。"她用手指了指马科达和男孩，解开了套在他俩身上的铁链，洞口那张邪恶的网瞬间化为无形。"你们现在可以离开了，你的瑞尚就在洞口等你，毫发无损，但你现在赤身裸体，又没有钱，你得先到箱子里拿上衣服和金子，从地上拾起你父亲的装备，再骑马离开这个山洞，你朝着北极星的方向走，直到黑夜的第六个小时①，你会见到你的祖先。我为你从天堂里带来了你的祖先，因为你现在还不可以进入天堂，没人能两次进入天堂。"

马科达和男孩走到箱子跟前，打开箱子，发现里面装满了金子和衣物，他俩套上衣服，口袋里塞满金子，马科达从地上拾起父亲的武器，离开了洞穴。他的马儿瑞尚就等在洞口，马科达见了赶紧跑过去搂住它的脖子，亲吻了它，说："我亲爱的小马瑞尚，我太思念你了，你不在，我简直悲伤极了，怎么找你也找不见，我都快愁坏了。"

马科达和男孩跨上瑞尚，沿着北极星的方向奔去，俩人一路上欢声笑语不断。马科达对男孩说道："告诉我

---

① 阿拉伯时间，即午夜附近。——译者注

你父亲的名字吧，我俩都叫马科达，难免会弄混。""我的父亲叫阿里，他就是被那邪恶的魔法师佐罗所杀害的，你从此就叫我伊本·阿里①吧，我唯一的愿望就是追随你，做你的仆人，因为是你解救了我。"

两人骑马沿着北极星的方向一直走到深夜，直到他们看见前面的火光和阿拉伯人的黑帐篷，时间正好是黑夜的第六个小时。一个人从帐篷中出来并向他们走来，俩人向他问好："愿您平安。"那人回道："也愿你们平安，感谢真主！我是你的父亲萨米尔，我的儿子。随我进帐篷见见你的祖先。"马科达和伊本走进了帐篷，给帐篷里的人都行了礼。

帐篷里坐着祖父德盖特，曾祖父曼苏尔，曾曾祖父马科达，曾曾曾祖父德盖特，曾曾曾曾祖父曼苏尔，曾曾曾曾曾祖父卡伊斯，曾曾曾曾曾曾祖父哈米德，还有曾曾曾曾曾曾曾祖父刀剑之父曼苏尔。祖先们跟马科达和伊本打了招呼，邀请他们坐下，给他们端上咖啡。刀剑之父曼苏尔发话了："天亮前，我们就得收拾帐篷，把行李装在骆驼上，回天堂了。所以马科达，快拿起你的装备，让我们来教你像战士一样战斗。"于是，马科达拔出剑和柚木狼牙棒，他们教会了他该如何使用，他们还教了马科达如何排兵布阵和指挥军队。他们把毕生的战

---

① 伊本是Ibn的音译，意为"……之子"。此处为阿里之子。——译者注

争智慧都传授于他，就这样过了五个小时，现在是夜深的第十一个小时①。

　　萨米尔又对儿子说："我亲爱的孩子，你现在得睡一觉，你累了得休息，我们接下去都有各自的旅途。"他们抱来了毯子，马科达和伊本在帐篷里睡了一觉，睡前，马科达第一次拥抱并亲吻了他的父亲、祖父和其他祖先。马科达和伊本睡了两个小时，直到太阳升起，天气也渐渐热起来了，现在是白天的第二个小时②。两人醒来后环顾四周，却再也找不见帐篷、营地或是阿拉伯人，他们身上也没了毯子，放眼望去只有无尽的沙漠和等在原地的瑞尚。马科达跑向瑞尚，亲吻着它，对它说："噢，我的小瑞尚，我们现在身处远离水源的沙漠，我让你受苦了。"

　　两人骑上马又出发了，他们朝东边走去，因为想着那边可能有条河，会有水源。走了快一个小时，他们发现前方有个土墩，这土墩是从井里挖出的泥土制成的。马科达立马喊道："这有水！"伊本·阿里也说道："快点，我们和马都去喝点，实在太渴了。"马科达却说："我的兄弟，你忘了我祖先昨晚的教导了吗？在你靠近水源时，你得先绕一圈，看看有没有折断的骆驼刺，有没

---

　　① 阿拉伯时间，即凌晨五点到六点。——译者注
　　② 阿拉伯时间，即上午八点左右。——译者注

有踪迹表明敌人也曾在这儿喝水。"

他俩下了马，把瑞尚拴好，像猎人一样绕着水井附近探查了一番，他们看到了一群马，但不见人的身影，不过地上的脚印看上去像有人刚来过。于是，他俩悄悄爬到井边，用土墩作掩护，跃到土墩旁，就看得更仔细了，井边拴着六匹马，旁边站着六名士兵，地上还躺着一匹死马，士兵们正准备把马的尸体丢进井里。

马科达悄悄对伊本说："这肯定是波斯人，他们把马的尸体推进井里，就是为了把水搅浑，不让阿拉伯人喝水。"马科达又用起了腹语，假装水井那边有声音，他喊道："快救命，帮帮我，我掉井里了，我是个商人，很有钱。"那六位波斯人听了立马跑到井边，往井下看，就在这时，马科达和伊本飞奔到马边，用剑斩断了套绳，一人跳上一匹马，再带着剩下的马迅速逃到沙漠里。

马科达让伊本带着马继续往前跑，他掉头去找那群波斯人，对他们喊道："你们知道吗？我们是阿拉伯骑兵军团的侦察兵，军团正朝这边赶来，你们现在没了马，别想逃掉。我是一个有骑士精神的人，我不愿见人类（如果你们是的话）像绵羊一样被宰杀。我给你们一个机会，你们来一一与我决斗，如果把我杀了，我的朋友会把你们的马放回来，你们就可以离开这了。"

波斯人听后商量了一会，说："这事应该不难，他不过是个毛都没长齐的小孩子。"波斯人里最勇猛的那位站了出来，拔剑冲向马科达，马科达也拔出剑，下了马，等候冲上前来的波斯人。波斯人很狡猾，但马科达巧妙地避开了他的进攻。他转到波斯人跟前，在波斯人身后有骆驼刺，还没开战马科达便注意到了，这是祖先教给他的一招。波斯人自然是中招了，他忙着招架马科达，没注意到有骆驼刺，他的脚被骆驼刺缠住并摔倒在地，马科达趁机砍下了他的脑袋。

波斯人看到战友死在一个没有胡须的男孩手中，大为震惊，但他们说："这只是个意外，他的脚卡在树根里才摔倒了。"于是又一个波斯人拔出剑，冲向马科达。马科达右手持剑，左手握着头巾。他们开始互相击剑，马科达在波斯人面前退了几步。等太阳照在波斯人脸上时，马科达对波斯人发出多次攻击，波斯人举剑予以回击。马科达左手在空中挥动头巾，同时用嘴发出剑在空中嘶嘶作响的声音。有那么一会儿，波斯人上当受骗了，他把剑高高举起，准备接招，就在这时，马科达砍掉了他的头。

波斯人看到自己的战友又这么死在一个没有胡子的少年手中，十分震惊。不过他们很快说道："我们这个战友是个笨蛋，少年挥头巾的时候他为什么还要举剑？"又一个波斯人站出来要和马科达决斗，但这人拿的不是剑，而是长矛，因为他想着："年轻人可能会使剑，但可不太会使长矛。"马科达也选择了长矛应战，波斯人一连攻击了马科达许多下，但每次都被马科达巧妙地躲开，就这样纠缠了一会，马科达的长矛失手掉在地上，马科达作势弯腰去捡。波斯人心想："这孩子捡长矛时可就再也躲不过了。"他猛地朝马科达冲过去，把全身的力气都压在长矛上，可马科达并没有真正在捡长矛，只是假装弯腰伸手，等那波斯人冲过来时，他立马跳到一旁，抓住他的长矛，朝自己一方拉去，波斯人因为力气都压在了长矛上，一时重心不稳，跌倒在地，马科达趁着他还没站起来先用长矛刺中了他。

剩下的波斯人看见同伴又死在这少年手里，更诧异了，轻声对彼此说："这孩子真是魔鬼。"其中一位对众人说："你去拿弓，我出战引诱那少年到埋伏的位置，你用箭杀了他，把他除掉，这样才能逃出去。"马科达在一旁看着他们窃窃私语，就念起祖辈的训诫："对你的仇敌要时刻保持警惕，以免上当受骗。"当他注意到其中一人拿上了弓箭，便对他们的诡计了然于心。他目测了一下弓箭手的距离，回忆了一下那个位置的骆驼刺长成什么样子。

出主意的那个波斯人拔出剑来，向马科达挑战，两人立即陷入激战。波斯人一直往后退，朝着他朋友埋伏的方向退去，当他们到达马科达先前注意到的骆驼刺的位置时，波斯人还在往后退，但马科达却没有再进一步，他可不会被引诱到射杀点。当波斯人意识到马科达

不愿意再追时，他立刻装病倒在地上打滚，看上去痛苦极了，好引诱马科达进入射杀范围。但马科达还是没有动静，相反，他转身骑上瑞尚，拿起长矛，以风一样的速度冲向倒地的波斯人，这样的速度连箭也追赶不上。他用长矛刺死了波斯人，接着又骑马冲向了井边那两个波斯人，还没等他们拉弓，便利落地刺倒了一位，另一位见状立马下跪请求宽恕。马科达命令那人脱下衣服，他照办了，然后赤身裸体地站到马科达跟前。

马科达吩咐他："去见你的波斯国王沙阿，就这样赤身裸体地去给他请安，对他说：'伟大的沙阿，请看看我，你若不停止与阿拉伯人的争战，等到人民都被杀了，谁来耕种田地呢？波斯的土地必会像我现在这样贫瘠。这是阿拉伯战士萨米尔的儿子马科达让我传的话，他来自费特拉部落。'"马科达给了波斯人一匹马，让他照吩咐行事，不能穿衣物。

马科达和伊本给瑞尚喂好了水，带上波斯人的五匹马，继续他们的旅程。他们计划前往部落营地，等到日落时分，他们发现前方有很多黑色帐篷，于是骑到了最大的一顶帐篷跟前，这是费特拉的客帐。他们俩把马拴好，走进帐篷，拜见了帐篷里的人。帐篷里坐着族长和各部落的战士，他们热情地接待了马科达和伊本，递上了咖啡。族长对他们说："素来尊敬我们的外邦人哪，我们可以知道你们的名字，从哪里来，是哪个部落的吗？"

马科达回答说："我和你同属一个部落，我父亲是刀剑之父曼苏尔之子哈米德之子卡伊斯之子曼苏尔之子德盖特之子马科达之子曼苏尔之子德盖特之子萨米尔。他就是这个部落的人，不过我没有机会加入你们，幼年时也未参战，但现在的我是名战士，精通兵法。"

族长和战士们听了都说："我们知道你的父亲和祖父，也知道你的名字。"族长还邀请他们讲了一路的旅程，马科达讲了他一路以来的遭遇。族长听了说："我们听说过魔法师佐罗，但从未找到过他，你阻止了他的暴行，这很好。至于你说杀了那五个波斯人，你要知道自吹自擂是不体面的，你一个胡子都还没长出来的小孩子是怎么做到的呢？"

马科达看见在场所有人的脸上都写满了怀疑，他说道："别看我现在脸上没有胡须，但这和农民播种田地一样，一年的收成也许会早到，也许会迟来，这都是真主的指引。我已是一名战士，不是小孩子，播种完的土地可和沙漠不一样，收成到时就有了。"族长问道："所以你说你正如那播种的土地吗？但你的脸现在确实和桃子皮一样光滑，你能像战士们一样上战场吗？""我已经战胜了波斯人，夺走了他们的马，我愿意挑战最勇猛的波斯战士，和他单打独斗，甚至当着他们沙阿的面，战胜他，那时候你可能就会相信我的话。"族长同意了，马科达的挑战书已经写下并封好，还叫人送到波斯人的营地，念给沙阿听。

那名赤身裸体的波斯战士到了营地，把马科达的话讲给沙阿，并讲述了另外五名波斯战士如何被一名没有胡子的少年战胜。沙阿听了很惧怕，命令最勇猛、经验最丰富的波斯战士帕勒万准备迎战。帕勒万曾在一场战斗中杀了五百多人，所有人一听到他的名字便闻风丧胆。双方约定好决斗时间，地点就设在底格里斯河中心的一座岛上，双方可以任意选择武器和战斗方式。

马科达让伊本给他准备了最好的大马士革钢制盾牌，这块内凹的盾牌形似一块盆地。马科达还让伊本取出盾牌的皮革衬里，把里部磨得像镜子一样发光，再在盾牌外面固定好皮革把手。伊本依照吩咐准备好了盾牌，并把盾牌内部对着敌人。

决斗的日子到了，波斯人的军队聚集在底格里斯河东岸，各大部落的阿拉伯人聚集在底格里斯河西岸，波斯军队为沙阿和夫人以及他的宫廷立了一座大看台。河中心有座岛，马科达从西岸乘船至岛，帕勒万从东岸乘船至岛，两人在岛上相见。马科达见帕勒万拿着一把等身的大剑，这位身经百战的战士逐步朝他逼近。马科达在后撤，抵挡着帕勒万的进攻，他的脸正对着太阳，位置很不利。帕勒万见到马科达如此，很高兴，心想：告诉我这少年是猛士的人都是傻瓜，他都不懂背对着太阳，而且还把盾牌举反了。可就在这时，马科达突然把盾牌正对着帕勒万的脸，太阳光照射在盾牌的凹面，一下集中到帕勒万的眼睛，十分刺眼。帕勒万不得不闭上眼睛，马科达见状立刻向他发起攻击，用剑砍向帕勒万，帕勒万没能反击，被马科达斩首。

围观的人十分震惊，他们离得很远，没看清马科达是如何战胜帕勒万的，沙阿心中充满了愤怒和恐惧。马科达转过身来，朝河对岸的波斯人高声喊道："沙阿，我不会向你发起挑战，因为你胡子都灰白了，但你有一个儿子，在战场上很有名。把他送到这里来，我要和他一战。"沙阿听了没有立马回应，示意他之后再回复，于是，马科达便乘船渡河，回到了自己的部落。

当晚，沙阿召集将领开会，他的儿子也出席了会议，一位大将军说："主人，王子得应战，以免军队士兵说他害怕一个没有胡子的少年，从此不愿再在战场上追随他，也不再尊重他。"王子听了这样的提议，心中十分恐惧。

沙阿让属下们先退下，对他的儿子说："我的儿，这位阿拉伯少年可能并不是一名伟大的战士，他只是靠运气或诡计击败了帕勒万。你应该和他一战，战胜了他，你就可以一举成名，士兵也会敬畏你。总有一天，你得接替我的位置，如果城内的士兵、境内的国民都不对沙阿心存畏惧，他们就会起身反抗，倾覆整个王国。"

王子回答说："父亲啊，不要打发我出去，让我像羊一样被宰杀。这少年不是战士，他是魔法师，我不懂魔法，没法打赢他。你没听见他是如何在井边杀掉五个士兵的吗？请指派一位魔法师来消灭这孩子，我还是带领军队战斗吧。不要让我被正直之人所不知的邪恶力量所毁灭。"

沙阿见他的儿子脸色苍白，就说："我现在命令你与这孩子一战，你若不战，我便亲手杀了你，我需要像我一样勇敢坚强的儿子，在我死后统治波斯。你现在是觉得我快进坟墓了吗？这些白发不过是在致敬我的智慧。我仍如同二十岁的青年一般精力充沛。我要生一百个儿子，终会有一个能成为勇士。懦夫不配为我送终，也不配继承我的王位。"

王子回到自己的帐篷里，心中充满了悲伤。他拿起镜子，看着自己的脸："如鹰眼般高贵的眼睛啊，高傲的眉毛啊，勇敢的胡子啊，还有伊斯法罕女孩曾写下诗句的甜美红唇，你们会被永远埋在坟墓里，不再为世人所知吗？我是否要逃走，永远隐藏这张高贵的脸，不再让那些高贵的人看见？我不能和这少年战斗，我的内心充满恐惧，我的手在颤抖。"王子开始哭泣，无论谁听见他的啜泣声都会为之肝肠寸断。

王子心爱的妹妹听见他的哭泣，来到他的帐篷。他把父亲的话都告诉了妹妹——杰弥尔公主。公主听了哥哥的话非常难过，说："你若应战，毫无疑问，你会被杀掉的，因为人们都在营里说，这少年比我们波斯全境的任何人都厉害；你若不听从父亲的话，父亲也一定会杀了你；你若逃跑，你不懂贸易，也不司一职，如何能在外邦生存下去呢？只有一条路可以通向成功，就是让我代替你去和这少年战斗。"

王子伤心地看着妹妹，觉得她失去了理智，但公主继续说道："我们长着同样的脸，就像盒子里的两根火柴，唯一的差异就是你留着胡子。我会给自己做一把羊毛胡子，粘在嘴唇上。等我出去与那少年战斗的时候，我们的父亲也不会发现。如果是你去战斗，你会死在那少年的剑下，而我有女人的智慧和武器，要知道，我的身体是如此美丽，没有男人看后还能保持理智。战斗前，我会穿上一件从前面打开的斗篷，斗篷里不再穿任何衣物。等战斗时我把斗篷敞开，他一定会被眼前的景象所惊呆，在他还没反应过来时，我就趁机杀了他。河岸上的军队不会看见到底发生了什么。不过，你必须剃掉你的胡子，当天和女人们待在一起。如果我们的父亲找不到我，问我在哪儿，我们的计谋就会被发现。"

王子回答道："你说得对，我们同父同母，自然长得一样。你的想法也许能拯救波斯，使其不至于失去王位的继承人。"于是王子去见父亲，对他说："你派使者到阿拉伯人的营地去，说我要应战。"沙阿见儿子如此勇敢，十分满意。

约定决斗的日子又到了，波斯人的军队聚集在底格里斯河东岸，各大部落的阿拉伯人聚在西岸。杰弥尔公主身着斗篷，手持盾牌、利剑，脸上贴着羊毛胡子，所有看见她的人都以为她是王子。而王子把自己的胡子剃掉，穿上一身女装，同王宫的女人们坐在一起，所有看见他的人都以为他是公主。

杰弥尔公主上了船，被带到底格里斯河中间的小岛上，马科达则从西岸乘船而来。公主在岛上遇见了马科达，她模仿男人的声音，让马科达把船送回岸边，也把自己的船送回了岸边。不过，马科达看见波斯的船快靠岸时，偷偷把自己的船叫了回来。马科达和公主就这样被单独留在了岛上，河岸上的人们只能从远处观望。马科达以为公主是个男人，是波斯王位的继承人。

公主向马科达打了个手势，示意战斗开始。两人都拔出了剑，攻向对方，一交锋马科达就发现敌人的手腕没有力量，心想："这王子不是战士，我随时都可以杀了他。我不如把他的武器卸下，把他掳回去，让他的父亲付一大笔赎金，接受我们的条件。"

于是，马科达开始与对手周旋。可就在他们对打时，公主迅速解开了斗篷。马科达看见"王子"居然有一具美丽的女人胴体，吓得剑都掉在了地上，他赶紧退后一步说："小姐，既然是这样的，我绝不能伤害你的美，如果你要和我作战，我准备了另外一件武器。"公主举剑准备刺向马科达时，一看见马科达英俊的脸庞，也停手了，泪水涌上她的眼睛。马科达从她手中夺过剑，把船叫了回来，高喊："未来的沙阿成了我的俘虏。"说完，他乘船带着公主回了阿拉伯那岸。所有站在岸边的人都惊呆了，他们都不知道发生了什么，沙阿说："这是魔法，他身上都没了剑，我的儿子却向他投降了。"

马科达把杰弥尔公主带到他的帐篷里，她把自己和哥哥的计谋都告诉了他。马科达对公主无比怜爱，他想要以一种不让她和她哥哥蒙羞的方式娶她为妻。至于波斯王子，他坐在女士们中间，心里充满恐惧，心想：我还要做多久的女人啊？这比我胆怯逃跑还耻辱。如果我父亲要把我嫁给某个王子，该怎么办呢？

马科达没有告诉任何人俘虏来的波斯王子是个女人，他把她"关"在自己的帐篷里，给沙阿写了一封信：

沙阿陛下，我向您致以最真挚的问候，给您写信是为了告诉您，我一直在为陛下的健康祈祷，您的儿子现在很好，他是我的客人，也在为陛下的健康祈祷。接下来的请求原本应由我的朋友或亲属提出更为合适，但目前正处战争，一切随简。我的请求是这样的，请您把女儿杰弥尔公主嫁给我，您想要多少金银珠宝都可以，至于她的嫁妆，只需要带一粒石榴籽来就好。我的名字众所周知，我的家族也远近闻名。希望您用船把公主送过来。由于战争，我不能来找您，就由您的儿子代为出席婚礼，等婚礼结束后，我会将他平安地送回您的营地。

沙阿读了马科达的信，气得脸色发黑，大声吼叫，派人把他的将领和大臣请来，他大喊：“这人俘虏了我的儿子，还想娶我的女儿。”他命令将领们准备进攻阿拉伯部落的营地，营救他的儿子，杀死马科达。但将士们听了这话都很沉默，他们问道：“陛下，这怎么可能？的确，我们的军队十分强大，但当我们进军时，敌军会像早晨太阳初照时的蝙蝠一样消失不见。然后出其不意地折回来杀掉我们的人，赶走我们的马，还没等军队反应过来便又溜走了。”

有位将军说道：“陛下，出于政治和外交上的考虑，把您的女儿嫁给这位少年不是更好吗？他是一名真正伟大的战士，至于他的血统，确实如他所说，在任何王室里，您都找不到一个能与最纯粹阿拉伯部落人相媲美的血统。他能成为我们的朋友总比成为敌人好。”可沙阿反对：“这不可能，也不应该。要么你想出一个计划确保我儿子获救，要么我就把你五马分尸。我要把我的女儿嫁给一位土耳其王子，没有人能以向我女儿求婚的方式来侮辱我。现在就让我女儿知道我的决定。”

命令从国王的帐篷传到了“杰弥尔公主”那儿，内侍说：“你的父亲正在安排你与土耳其王子的婚礼。”王子听了脸煞白：如果婚礼当晚，土耳其王子来找我，怎么办呢？他似乎觉得这不幸已是命中注定。

王子脸蒙着面纱，身着女装，来到他的父亲沙阿面前。沙阿说："亲爱的女儿，几个月前，土耳其王子贾拉尔派了一位大使到我们这，请求我把女儿嫁给他。考虑到你的利益以及两国间的往来，我没有立马答复，想为你寻一位更好的丈夫。但你已经十七岁了，不能再等了。因此，我将派一位尊贵的大使面见王子，代我接受王子的请求。大使明天就出发，由一千名骑兵和一千名步兵护送，再带上来自高加索的一百个美丽的女奴，作为礼物送给苏丹。"王子模仿女子的口吻回答说："父亲啊，请不要把我嫁给可怕的土耳其王子；把我嫁给那个阿拉伯少年马科达吧，我敬佩他的勇气，也爱他对我哥哥的仁慈。"

沙阿说："我心意已决，不可更改。不过，我亲爱的女儿，今天你的声音听上去很奇怪。"王子回答说："我心都碎了，声音也便嘶哑了。"

沙阿吩咐内侍总管来见他，吩咐他："你带杰弥尔公主回帐篷，确保帐篷里不会有任何锋利的刀刃或毒药，每个到她帐篷的人都得搜身。她脑子里满是愚蠢的幻想，丝毫不在意自己的婚姻大事，随时可能会做傻事。派十个内侍到她的帐篷门口，看着她，免得她逃跑。如果公主出了什么事，你们都得遭罪，我会挖掉你们的眼睛，割了你们的舌头。"内侍长官回答说："遵命，公主无论如何都跑不了的。"

内侍长官把王子带回了他妹妹的帐篷，在帐篷里搜了一番，找到了王子用来剃胡子的剃刀，长官说："我的公主，您原来已经准备好了剃刀。"王子见他发现了剃刀，内心十分害怕，心想：没有了剃刀，等到我的胡须长出来，便露馅了。内侍长官安排了十个身材高大、手持利剑的内侍看守在公主帐篷门口。

王子模仿公主的声音叫来一位女仆，他知道这位女仆对他的妹妹忠心不二。女仆来到帐篷前，守卫搜完身，没有发现武器和毒药，便放她进去了。王子还是用公主的口吻对女仆说："噢，你知道我爱马科达，我不会嫁给土耳其王子。记住这句话，把话带给骑兵长，如果他救不出我的兄长，他的性命堪忧，他一定会帮我，帮我也是帮他自己。告诉他，杰弥尔公主是这么说的：

'我会在脸上粘上羊毛胡子，明天黎明时分以我哥哥的名义现身。你去把宫廷法师抓起来，威胁他，让他告诉我的父亲沙阿，少年马科达趁天黑用魔法把我悄悄地从帐篷里带走，并把我的哥哥送了回来。一定要让他把这个消息告诉营里所有人。当我父亲知道自己的女儿已经落到马科达手中，会出于羞愧而同意马科达的请求，因为如果这件事被世人知晓，土耳其王子永远都不会同意娶我，我们整个家族也将蒙羞。还要记得告诉我的父亲，虽然我到时候扮作王子，但要把我打扮成公主，送去阿拉伯营地成婚。等我到那之后，让哥哥以王子的身份回来。这样我就可以和马科达成婚，哥哥也能获救，而父亲什么也不会知道。'"

女仆说道："我亲爱的女主人，这计划可太妙了。不过你要如何扮成男人而不被发现呢？"王子继续用公主的口吻说道："可以的，我和哥哥长得一样，就像盒子里的两根火柴，只要我粘上胡子，父亲就看不出区别了。你现在就去传消息，回来时在你衣服下藏一套男装，守卫搜查武器和毒药时是不会发觉的。"女仆便把话告诉了骑兵长，又顺利把衣服带进了帐篷。

骑兵长听了女仆的话，震惊极了，他心想：沙阿如果听到王子晚上被送回营地，而杰弥尔公主被魔法师带走的消息，肯定会发疯。不过，他也不能把这件事怪罪到我身上，如果他真的相信这事发生了，他就不会再因我不能救出王子而惩处我了，王子回到营地自然就安全了。至于公主，营救公主能有什么意义呢？但风险也在，杰弥尔公主能扮成她哥哥吗？思索了一会，他最后决定：冒点风险至少还有条活路，仅凭自身把王子从阿拉伯营地救出来是万万不可能的。

骑兵长招来宫廷法师，向他问好，随后对他说："你知道我出剑有多快吗，剑刃有多锋利吗？从现在起直到黎明你将待在我的帐篷里，不得离开，等到黎明，我和你一起去沙阿的帐篷，把他叫醒，你告诉他：'主人，我昨晚看魔镜时看见一只猫进了杰弥尔公主的帐篷，猫嘴里叼着一只老鼠，猫躺在了女主人床上，我的魔镜告诉我那猫是阿拉伯魔法师马科达，而老鼠是我们的王子，我想念魔咒，但总有可怕的力量在阻止我，因为马科达也懂魔法。那猫朝着公主脸上吐了口唾沫，把她变成了一只老鼠，叼在嘴里，离开了营帐。当猫过河时，因为我和他之间隔着水，我从束缚我的咒语中解脱出来，研究了快两个小时的魔法书，才成功施咒帮助先前那只老鼠——王子恢复真身。现在王子正睡在公主的帐篷里，这件事我只告诉了骑兵长，因为他是军官里最为谨慎能干的。'你对沙阿说这些话时，我就会站在你身后，有一句不符，我必定拔剑将你刺死，说你想谋害沙阿。"

宫廷法师十分恐惧，说道："沙阿怎么会相信这些话呢？他难道不会直接去公主的帐篷看看吗？再说了，公主被严加看管，王子现在是阿拉伯营地的囚犯，如何做到瞒天过海？"骑兵长说道："我们的公主将把自己伪装成王子，他俩长着同样的脸，只需在脸上粘把羊毛胡子就好。然后我会建议沙阿同意马科达的请求，把他'失而复返'的儿子扮成公主，送她去成婚，这样就不至于失了面子。沙阿不会知道王子其实是公主，而马科达也会同意这个让他妻子免于蒙羞的计谋。"宫廷法师不太赞同骑兵长的提议，但看了看他手里的剑，还是答应了。

黎明的第一道曙光降临，骑兵长和宫廷法师来到沙阿的帐篷，他们绕过守卫，叫醒了沙阿。骑兵长说道："陛下，您的儿子回来了，现下正安稳地睡在杰弥尔公主的营帐里，但杰弥尔公主被带去了阿拉伯营地。"法师紧接着一字不差地给国王复述了骑兵长先前告诉他的话。

沙阿听完这话，就像发狂的骆驼一样。他迅速跑去了女儿的帐篷，骑兵长和法师也跟着进了帐篷，他们看见一位穿男装、留胡子的男人躺在床上。骑兵长和宫廷法师自然以为这是杰弥尔公主扮成的王子，而沙阿相信了王子确实是昨晚才从阿拉伯营地回来的。（至于你们，我的读者，你们都知道这人确实是王子殿下，不过他是刚换上的男装，胡子也是假的，因为他自己的胡子才长了一天。）国王发疯了一样在帐篷里来回踱步。不过他的大脑仍在工作，他想：也许这是杰弥尔公主为了逃婚而耍的把戏，也许她贿赂了宫廷法师，戴上假胡子，想从帐篷里逃出来。于是他下令把王子叫醒。

骑兵长叫醒了睡着的王子，王子睁开眼睛说："这情况太奇怪了。睡前我还是阿拉伯营地里被看守的囚犯，醒来就到了妹妹的帐篷，还有父亲在迎接我。"但是，国王听了还是下令："拔他的胡子，用力拔。"骑兵长听了便去执行陛下的命令。骑兵长和法师的心里都很担心，骑兵长心想：我怎么做才能不把这胡子扯下来，不让公主的光滑脸庞露出来呢？王子也很害怕，因为胡子确实是假的，他说："父亲，请您不要拔我的胡须，俗话说，男人的尊严都在胡须上。如果你想知道我到底是男人还是女人，让我用另一种方式证明吧。您打发一位您信任的女仆或者任意从营里挑选一位女子来我的帐篷。她会证明我是男人的。"

沙阿答应了，他派人找了一位自己信任的女仆，他和骑兵长、法师都站在帐外。沙阿吩咐女仆："进帐篷验明里面的人是男是女，再出来禀明。"女仆进了帐篷，骑兵长和宫廷法师两人战战兢兢，他们以为自己的计谋就快被识破了。

女仆从帐篷里出来，说："我发誓，帐篷里是王子，不是公主。"国王相信了。至于骑兵长和法师，他们都很惊讶，心想：公主到底是如何玩这把戏的？

之后，沙阿、骑兵长和宫廷法师进了帐篷，沙阿现在确信他的女儿昨晚被魔法师掳走了。骑兵长建议："陛下，这件事只有帐篷里的我们和那阿拉伯少年知道，这秘密可以守住。只要让王子扮成他的妹妹，把他送去阿拉伯营地成婚就好。阿拉伯少年娶到了公主，自然会满足，不会泄露秘密。世上不会有人知道您宫廷的圣洁曾遭受侵犯。"

国王同意了这一建议，吩咐王子："我现在送你一把剃刀和一套女装。你得把胡子刮了，穿上妹妹的衣服，别让人察觉出异样。我要把你送去阿拉伯营地，你得去你妹妹所在的帐篷，换上男装走出来。这样马科达就能依照习俗迎娶你的妹妹。"

但王子说："父亲，我不能扮成女孩。这对我而言是极大的羞辱。"不过国王表示："这是命令，你不得不遵从。"

沙阿和骑兵长、宫廷法师准备返回自己的帐篷。当他们离去时，骑兵长低声对沙阿说："主人，宫廷法师知道您的女儿晚上被绑架了，知道秘密的人多了，秘密就不再是秘密了。"沙阿低声答道："你说得对，杀了他。"于是，骑兵长还没等法师说上一句话，便一剑刺死了他。国王和骑兵长一同进了帐篷，国王吩咐他说："你的刀带血腥气，得放在帐外。"骑兵长听从了沙阿的命令。等骑兵长一进帐篷，门就被合上了，沙阿拿起自己的剑，说："你说得对，分享的秘密便不是秘密，而你也知道这个秘密。"骑兵长没了武器自卫，倒在了沙阿剑下。

沙阿拿上女装和剃刀回到王子那里，命令道："把自己扮成女人。"然后沙阿出了帐篷，吹响号角，招来营中的人，很多将士都来到了沙阿面前。

沙阿当着众人的面宣布："我已决定把我亲爱的女儿杰弥尔公主嫁给费特拉部落中尊贵的勇士、阿拉伯人马科达。她的嫁妆是十万里拉金币、一千匹马和一千只骆驼。至于我向那孩子要的聘礼，只需要一个西瓜就好。因为双方还在打仗，我现在就用船把公主和她的嫁妆送到河对岸。派个使者去见马科达，让他知晓我已同意此事。"将士们听了都很严肃："陛下，对您的命令，我们不敢不从，但我们原指望公主有一个更好的归宿。"沙阿说："简单的阿拉伯部落家谱比高贵的王子血统更好，战斗之勇比广阔的疆域要重要。"于是，使者便出去执行国王的命令。

马科达听到这个消息时，内心十分喜悦，虽然公主早已在他的帐篷里，但他之前都不知道如何在不损害她和她兄弟名誉的情况下娶她。王子扮成公主的模样过了河，被带进了公主的帐篷，两人悄悄互换了衣服。

后来，马科达顺利迎娶了公主，全心全意地爱着她，同她生了许多像他祖先一样强壮又勇敢的儿子。王子回到父亲沙阿那里，等到父亲去世后，他继承了父亲之位，统治波斯，所有见过他的人都认为他是头勇敢的狮子，他的臣民从未有过反抗。全世界只有他和杰弥尔公主知道他曾惧怕一位没胡子的少年，为了逃避战斗，他还曾扮成自己的妹妹。

男人的荣誉就在他的胡须里

希拉城里有位还算富裕的布商，他的名字是阿卜杜勒·拉希德·梅吉德。这位布商过去常从巴格达的大商人那儿大批购进布料，再分卖给部落成员和希拉城里的居民。店里赚不了大钱，但足够支撑他租房子、买食物。他的家里没有仆人，家务都是由妻子和他唯一的女儿承担的。他的女儿今年十六岁，模样极美，名叫萨尔玛。

一天正午时分，家里的陶缸①没水了，母亲吩咐萨尔玛去河边提点水来。萨尔玛便把水罐放在肩上，去了河边。但她不习惯到邻近自家的河边取水，因为那里是搬运工、农夫、工人或铜匠的妻女打水的地方，她不想被人看见商人的女儿还得自己打水，觉得这样很羞耻。她父亲的产业不大，家里没有仆人，不像其他布商家的女儿有仆人帮着挑水。她通常从房子后门出去，穿过棕榈

---

① 大型多孔陶缸，通过蒸发来保持水的凉爽。——译者注

男人的荣誉就在他的胡须里

树林，到一处偏僻的河边打水。

正是酷热的夏季午后，萨尔玛走到河边时，又热又累。她环顾四周，看不见人，也听不见集市和城镇的喧嚣，仿佛整个世界都在沉睡。她心想：回家前，我得先让自己凉快一下。于是她脱下衣服，放在河岸边，走进了河里。不过，萨尔玛没看见河畔其实有位来自费特拉部落的青年，这位青年名叫卡西姆。他没有马，没有羊，也没有地，寄住在酋长的帐篷里。至于怎么买衣服，他常下套捕捉河边喝水的松鸡和山鹑，拿到市场上卖了换钱买衣服。

卡西姆当时正在河边盯着自己下的套，却意外看到这位美丽如月亮的姑娘在河边宽衣。姑娘的身材美极了，脖子纤细修长，肩膀光滑柔软，胸部清晰坚挺，就像月光下的沙丘一样。她腰肢纤细，大腿圆润光滑，肚脐周围文着一只蝴蝶。他看着她，忘记了松鸡，也忘记了山鹑。萨尔玛在河里洗完澡后，躺在阳光下晒干了自己的身体，接着穿上衣服，把罐子装满水，回到城里去了。

第二天黎明时分，卡西姆藏在同一个地方，等候女孩的到来。约半小时后，萨尔玛出现在了同样的地方。藏在红柳丛里的卡西姆注视着她，但这次她没有脱衣服，只是装满水罐后便转身回镇上去了。卡西姆是个十七岁的小伙子，步伐很快，他穿过果园和枣椰树林，跑到她走的小路前边等候。当她走近时，他向她打招呼，并祝愿她得到真主的保佑和祝福。萨尔玛用面纱蒙着脸，避开了视线，也没有回答这位陌生的年轻人的问候。卡西姆接着又低下头，低声问她："文蝴蝶的时候疼吗?"萨尔玛听了这话，羞得满脸通红。她看卡西姆一直在笑，也不禁跟着笑了。她摘下面纱，说道："既然你已经见过我的蝴蝶文身，那你也可以看我的脸。"

卡西姆同萨尔玛坐在红柳丛旁，他告诉了她自己的名字和处境，她也告知了他自己的名字和一些生活琐事。两人还有说有笑地谈到蝴蝶，萨尔玛说："我五岁的时候就文了蝴蝶，一点也不痛，当时是小小的一只，但它随着我的成长也在一点点变大。"两人聊着聊着，发现彼此竟如此投缘。

之后每天，萨尔玛都去河边取水，卡西姆就在那儿等着她。他帮她装满水，两人坐在红柳丛边，开心地聊上一会儿。每次萨尔玛回到家中，眼睛都像星星一样会闪光，脸颊像玫瑰花瓣一样红润。萨尔玛的母亲对丈夫说："看看我们的女儿多开心，什么能让她这么开心呢?"阿卜杜勒·拉希德说："是时候给她找位丈夫了，也许她已经坠入爱河，我今天就去见媒人。"

当天，阿卜杜勒·拉希德打烊后就去找了媒人，他说："我的女儿已经到了结婚的年纪。"媒人听了告诉他："正有位富商要娶一个十五六岁的新娘，他名叫阿巴斯·阿里·伊卡萨布。据说他的商店价值三千里拉金币。"媒人帮忙说媒了很久，基本定下了这件事。万事俱备，只剩下正式提亲了。阿卜杜勒·拉希德·梅吉德说道："我还要去问问女儿和她的母亲，毕竟这件事和她们有关。问完再进行正式的流程吧。"

阿卜杜勒·拉希德·梅吉德回到家里，他的妻子和女儿早为他准备好了食物。吃过饭，他说："有个好消息，我的小萨尔玛，我会安排她嫁给阿巴斯·阿里·伊卡萨布，如此她就可以住大房子，有仆人伺候，不必再自己打水做饭，她可怜的父母也能沾沾光。"

萨尔玛听完，立马哭了起来："阿巴斯·阿里没有门牙，胡子也是染的，总是挂着鼻涕，就像下雨天棕榈树叶子上的雨珠。"说着说着，她猛地扑倒在地，蜷着身子抽泣。她的母亲对她父亲说："别担心，我会说服她的。当他们告诉我必须嫁给你时，我也是这样的。"

第二天清晨，萨尔玛跑到河边去见卡西姆，她哭得直发抖，像风中战栗的帐篷，卡西姆赶紧把她拥在怀里。她对卡西姆讲了她父亲的决定。卡西姆问道："你父亲开出的价钱是多少？"她回答："八十里拉金币。"

卡西姆对萨尔玛说："别哭，也别害怕，在阿巴斯·阿里·伊卡萨布佩剑骑上马并列队前往你父亲家的那天，我就把他送去与死神相见。"萨尔玛说："你只管把我带去你的部族，我便可以远离邪恶。"卡西姆却说：

"你见过我们的营地和村庄，也见过房屋的墙壁是用泥砖砌成，屋顶是用帐篷布或草席搭成的。但你知道这是为什么吗？我们这些部落的人睡觉时不会闭上双眼。也许有人会对我们征收不公正的税；也许有人会和我们的女人讲话，这样他就得死；也许有人会命令我们交出受庇护的人。那时，我们的族长会大喊一声：谢尔①！在不到一支蜡烛的时间里，我们就会带着骆驼、马匹、绵羊走进沙漠，我们所有的产业包括房顶都得背在骆驼身上。当土耳其军队到达的时候，他们只能找到烧不掉的泥房子，他们可能还会毁掉一些我们种在田里的庄稼和棕榈树，但他们永远无法在沙漠里找到我们。接着，我们会骑马反击，我们会在通往巴士拉的路上摧毁他们的商队，或者摧毁他们在河上的船只，直到土耳其人的总督大喊：你们不必交税了，也不必交出逃犯了。但是，你习惯了轻松安逸的生活，应该有自己的房子和仆人，不应该喝骆驼胃里的水。我要娶你，但是我首先得成为大商人，这样才能给你一所房子、几口铜锅、一个仆人、两个银脚镯和一个金手镯。"

萨尔玛离开卡西姆回到城里，但她一点也不害怕了，因为她知道阿巴斯·阿里·伊卡萨布命不久矣。卡西姆坐在那里，盯着他设下的圈套，想道：我怎么能成

---

① 谢尔(Sheil)，即带走，通常是打击营地的命令。

为大商人呢？卡西姆太穷了，口袋里连一枚铜币都没有，他没有鞋子，也没有头巾，甚至连背心和内衣都没有，他唯一的衣服就是一件长袍。卡西姆决定：我得先借钱，拿钱去做买卖，才能成为大商人。

卡西姆赤脚跑到城里，到了阿卜杜勒·拉希德的店里，他对商人致敬后说："给我一匹布和五里拉金币，我会拿东西作为抵押。"阿卜杜勒·拉希德看这年轻人只穿了一条又脏又破的长袍，光头赤脚，却始终像鹰一样抬着头，便问他："你是从部落来的吗？"卡西姆点点头说："是的。"

你们得知道，奥斯曼帝国时期的部落比现在要穷得多，因为那时的他们无法在和平与繁荣中耕种自己的土地。一家之主囊中羞涩，却要办上一场婚礼或葬礼，这种事情常常发生。这种时候，他会用一些东西做抵押，以换来商人的衣物和钱。至于那抵押品，如果有金银戒指，就把它给商人；如果没有，就把头巾给商人，说："这是我的荣誉，有了这个抵押品，我一定会把欠债还清，这是部落的习俗。"

阿卜杜勒·拉希德·梅吉德看着年轻的卡西姆，见他举止骄傲，目如游隼，确实来自部落。于是便说道："把钱和布匹拿去吧，把你的抵押品给我。"卡希姆的脸涨得通红，因为他忘了带抵押品了，手边没有戒指，没有头巾，马都没有，更别说马鞭了。但他脑子转得很快，他想了想，回答说："我想，一个男人的荣誉就在他的胡须里，胡须使男人区别于女人或男孩，所以我把我的一根胡须交给你做抵押。"阿卜杜勒·拉希德·梅吉德听了年轻人的话十分惊讶。

卡西姆找来了剪刀和镜子，他在镜子里仔细端详着自己的脸，想找一根不那么漂亮的胡须。他找到了，把胡须剪下来交给了阿卜杜勒·拉希德·梅吉德。阿卜杜勒·拉希德·梅吉德把他的胡须放进了装着其他抵押物的盒子，盒子里还装有戒指、头巾和马鞭等。随后，他给了卡西姆五里拉金币和一匹布。

卡西姆拿着钱和布，去了家可信的裁缝店，裁缝的父亲来自费特拉部落。他对裁缝说："把这布和钱拿去，给我做套富商的衣服，再给我一把羊毛胡子，我要把它粘在脸上，请为我保守这个秘密，这比我的生命还重要。"裁缝说："我以我的人头保证[1]，我会保守秘密。"裁缝为卡西姆做了衣服，还给他准备了羊毛胡子，当卡西姆粘上胡须，穿上衣服后，显得无比贵气，任何看见他的人都会说："这肯定是位大商人，他的商店得值一万里拉金币。"

打扮成富商的卡西姆走出裁缝店，回到了阿卜杜

---

① 这句话更恰当的翻译是"为了保密，请砍掉我的头"，因为后来听有人是这么说的。

勒·拉希德·梅吉德的店里。他走进商店，向阿卜杜勒·拉希德·梅吉德问好。当阿卜杜勒·拉希德·梅吉德看到富商走进他的商店，便起身问候，还吩咐店员从咖啡馆给尊贵的客人端来了一杯茶。卡西姆坐在阿卜杜勒·拉希德·梅吉德给他端来的椅子上。

尽管卡西姆只是来自部落的一名男孩，但他曾和酋长一起远行去过巴士拉。在古代，当酋长前往巴格达或巴士拉时，得带五十名随从，使所有见到他的人都能感受到其尊严和地位。卡西姆既没有土地也没有羊，曾作为随从陪同酋长在巴士拉的旅馆里吃过饭，还算见过一些世面。

卡西姆在阿卜杜勒·拉希德·梅吉德的店里喝了杯茶，问候了主人安康，随后说道："我是来自巴士拉的商人，什么贸易都做，生意做得很大，在印度、波斯和内贾德都有分店。实不相瞒，我来希拉是为了找位诚实、有信誉的商人做我的代理人，代我在此地做生意。我问了巴格达的商人和银行家，他们给了我一份值得信任的商人名单，名单里有你，还有阿巴斯·阿里·伊卡萨布。有人告诉我阿巴斯·阿里脸上永远挂着鼻涕，就像下雨天棕榈树叶子上的雨珠，他的胡须也是染的，这样的人容易伪造账目。因此，我谨向你提出请求。"

阿卜杜勒·拉希德·梅吉德听了富商的话欣喜若狂，心想："我竟不知道巴格达的大商人们居然知道我的名字，而且他们确实了解我，还认可我的诚实，不得不说这是我多年诚信经商的回报。这些大商人可真是对什么都了如指掌，他们甚至知道阿巴斯·阿里·伊卡萨布的胡须是染的，脸上还总挂着鼻涕。"阿卜杜勒·拉希德太开心了，他终于有机会做一笔大买卖了，于是说道："我愿意做任何事，您的命令比我的眼睛更珍贵。不过我能知道您的名字吗？"

伪装成富商的卡西姆回答说："噢，我以为你已经认出了我！在巴格达、巴士拉、摩苏尔和印度的集市上，我这张脸可是无人不识。我叫阿卜杜勒·哈梅德·艾尔·阿特拉基，住在巴士拉城的布鲁姆集市，你在那里就能找到我。"卡西姆知道，一封信得花两周时间才能寄到巴士拉，而回信又得再等两周。阿卜杜勒·拉希德·梅吉德从没听过这个名字，但他不想表现得像个乡巴佬，于是说道："久仰您的大名，您能来找我，我倍感荣幸。不过，先生，您是做什么生意的呢？"

卡西姆回答说："请一定为我保守秘密，如果商人们听到我的名字，知道我在此处购买，价格会上涨百倍。但你要知道，我来这里是要买阿拉伯最好的一千匹公马和一千匹母马，我要带着它们去巴士拉，在那儿能卖很高的价格，因为大量的马匹需要被运到印度，那里英国军官正在与印度教徒和锡克教徒作战，企图征服这个国家，他们会高价买一匹好马。我要你做的就是去帮我买马，我不能露面，不然价格会提高。等我把马带去了巴士拉，就会给你寄一份巴格达的汇票，利润我俩一人一半。"

阿卜杜勒·拉希德想了想说："我知道巴士拉的马匹价格要比在希拉贵得多，但是有多少马能到达巴士拉呢？您必须得穿越各大部落所在的领地，而这些部落的人都很喜欢马，不是在白天硬抢，就是在夜间偷偷盗走。"

卡西姆坚定地回答说："我会为此承担风险，我俩利益共享，损失我担。这两千匹马要花多少钱？我想应该不超过两万里拉金币。我之前一晚上赌钱的输赢都比这多。"

阿卜杜勒·拉希德·梅吉德记住了富商的话，心想：如果马能运到巴士拉，必定获利颇丰，如果马在路上遗失或被盗（这是极有可能的），阿卜杜勒·哈梅德·艾尔·阿特拉基至少会把当初买马的钱寄给我，我不必承担任何损失。他心里想：我现在真成大商人了，以前花五十里拉金币从巴格达商人那里买的布料，得花一个月的时间才能卖掉，利润只有区区七里拉金币。现在，我赊购价值两万里拉的马匹，一旦交易成功，简直是暴利，假如有损失，那也是由阿卜杜勒·哈梅德·艾尔·阿特拉基承担。于是，阿卜杜勒·拉希德·梅吉德同意了卡西姆的提议。

阿卜杜勒·拉希德·梅吉德让店员到集市去，告诉马商自己想买马。马商开始把大批量的公马和母马带到阿卜杜勒·拉希德·梅吉德的商店。卡西姆躲在商店里，每当他发出信号，阿卜杜勒·拉希德就买下一匹马，没给信号，就代表这匹马没被选中。卡西姆一眼就能看出马匹的质量，因为大部分马商都来自费特拉部落，只有一小部分来自沙马尔和杜莱姆。在卡西姆的指示下，阿卜杜勒·拉希德还雇了三百个费特拉人看管马匹，并给每人每月一里拉金币。

阿卜杜勒·拉希德买了马后，集市上的商人都认为他疯了。马商们在相互讨论："阿卜杜勒·拉希德有足够的钱买这些马吗？他在这儿做了二十五年的买卖，从来没缺过别人哪怕一厘米的布。他一向相信部落成员的信誉，以正直人的方式行事。"不过，他们当中比较谨慎的人还是提议："我们派两个人日夜监视阿卜杜勒·拉希德，如果他想在安顿好马匹之前离开希拉，那就让他去见死神。"其他人同意了此提议："就这样做吧。"

买下两千匹公马和母马后，阿卜杜勒·拉希德·梅吉德终于停手了。卡西姆让他吩咐马夫备好自己的干粮和马匹的粮草。这些费用全都记在阿卜杜勒·拉希德·梅吉德的账上。然后，根据卡西姆的指示，阿卜杜勒·拉希德让他们在第二天黎明时分出发前往巴士拉，告诉他们带领马队的人会在路上同他们会合。

当马和食物供给都安排妥当后，卡西姆和阿卜杜勒·拉希德·梅吉德就坐在店里喝茶。阿卜杜勒·拉希德·梅吉德的内心充满了惊奇，他想：今天早上太阳升起时，我没有欠任何人一枚铜币，现在我欠了两万两千四百一十二里拉金币，这都是因为我参与了一项大买卖。至于卡西姆，他想到的是萨尔玛，想到了她在河里沐浴的样子，想到了她身上的蝴蝶？他说："噢，兄弟，我们的合作真是太棒了。我多么希望自己有一个女儿，我就可以把她嫁给你，让我们的关系更进一步。我多么希望你有一个女儿，我可以娶她，因为我现在正需要一位妻子。"

阿卜杜勒·拉希德·梅吉德说："我确实有位待嫁的女儿，事实上，我正准备把她嫁给本地的一位小商人，就是您之前提到过的阿巴斯·阿里·伊卡萨布，他永远挂着鼻涕，就像下雨天棕榈树叶子上的雨珠，胡须也是染的。但您若有心想娶她，我会把她许配给您，我们的关系便更牢固了。"

卡西姆回答说："照你说的做吧，但得等我先去巴士拉把马卖掉，把生意做完再说。因为我明天黎明就得出发，而结婚要花很长时间。喂马和雇用马夫都得费钱，每耽搁一天就会减少利润。"但是阿卜杜勒·拉希德非常希望促成这桩婚姻，因为他想：保不准这位大商人回到巴士拉后就改变主意了，我得把他拴紧点，如果他忘了把两万两千四百一十二里拉金币寄给我，那些马商一定饶不了我。但是如果把我的小宝贝萨尔玛嫁给他，她就可以同他一路，好时刻提醒他把钱寄给我。

于是，他说道："正式的婚礼确实需要时间，但乌理玛①是我的朋友，朋友之间就不用那么讲究礼节了，出于现在这种情况，还是有必要打破正式的流程，我想我可以安排女儿今晚就嫁给你。我能预见的唯一困难是，我的女儿浑身冒着年轻人的傻气，可能会因为这桩婚事变得歇斯底里。但我会告诉她，至少你的鼻子不会像棕榈树叶子滴雨珠那样流鼻涕。"卡西姆同意了阿卜杜勒·拉希德的话，他说："那就让我们今晚成婚吧，暂时不要管宴会和礼仪。至于你的女儿，告诉她我的鼻子不滴水，我爱好艺术和美好的事物，比如蝴蝶。"卡西姆知道萨尔玛的母亲从未告诉过阿卜杜勒·拉希德有关蝴蝶的事。

阿卜杜勒·拉希德·梅吉德匆匆赶回家，告诉了妻子和女儿这个好消息，派他的店员去安排婚礼。他对女儿萨尔玛说："亲爱的，你的运气真好。今晚我要把你嫁给一位巴士拉的大商人。他名叫阿卜杜勒·哈梅德·艾尔·阿特拉基，他非常富有，两万里拉金币对他而言都是小钱。"但萨尔玛听了又扑倒在地，啜泣不止，她一心想着卡西姆会杀了阿巴斯·阿里·伊卡萨布，并不知道还有这个突发的意外，而她今晚又见不到卡西姆。

阿卜杜勒·拉希德·梅吉德说："不要哭，我的女

---

① 乌理玛(Ulema)，伊斯兰国家对有名望的神学家和教法学家的统称。——译者注

儿，他是位英俊的男人，他的鼻子和夏末的沙漠一样干燥，他还告诉我，他喜欢美好的事物，比如蝴蝶。"听了父亲这番话，萨尔玛立马停止了哭泣，心想：全世界除了我的母亲和卡西姆，没人会知道那只蝴蝶。这是他发出的信号呀。而她的父亲却以为：看来我的女儿是真讨厌流鼻涕的男人，现在她的脸上充满了喜悦，眼睛就像春天的沙漠之花。阿卜杜勒·拉希德非常爱他的女儿，看到女儿能够满意，自己心里也很高兴。

当晚，卡西姆去了阿卜杜勒·拉希德·梅吉德的家，娶了萨尔玛为妻。他把萨尔玛从她父亲家接走，将她带到了阿拉伯人的帐篷里，因为他也没有别的住处了。第二天一早，卡西姆和萨尔玛骑马去往巴士拉。尽管萨尔玛从小生活在城镇，从未骑过马，但他们还是各骑一匹马。据说生活在镇上的阿拉伯女孩从来都分不清马和水牛。

在路上，他们遇见了那群费特拉马夫和两千匹马，卡西姆依旧穿着那套华贵的衣服，但他这次没粘胡子。他骑到马夫跟前说："你们认识我的脸吗？"马夫们都回答说："你不是卡伊斯的儿子卡西姆吗？你这套衣服从哪里来的？"卡希姆回答说："我现在有钱了，这些马都是我的，我还娶了一个妻子。""卡西姆，那你结婚了吗？我们连婚礼宴会上的一条麻雀腿都没吃到呢？"卡西姆回答说："等我们到了巴士拉，一定邀请你们参加婚礼，只要把马平安运到巴士拉，我会赏赐你们的。"但是他们中的一些人说："多少马能安全运到巴士拉呢！哪怕母马耳朵上的一根毛能安全地到达那里，都是件值得惊讶的事。你知道一路上有多少部落吗？他们不想要马吗？"卡西姆说："别想这些了，每匹马都能安全到达。""这怎么可能？"马夫们都不太相信卡西姆的承诺。

卡西姆叫来二十个认识的聪明人，吩咐他们："你们作为使者骑到前面，到一路上各部落的酋长那儿去，告诉他们我们的马病了，每天都得死五十匹。我们在努力送两千匹马到海里去，想把它们都放在盐水里泡泡，看看能否有所改善，尽管能有一半送到大海的希望都微乎其微。请告知那些尊贵的酋长，让他们的牲畜远离前往巴士拉的主路，以免染病，我们也不会让马接近他们的牲畜或灌溉农田的水井。"众人听了，立马奔去执行卡西姆的命令。

使者们去到沿路的部落，把卡西姆的话复述给他们。许多族长听了很愤怒："你们可能会给我们带来疾病，我们不会让你们进入我们的领土。"使者们还提醒："如果想阻止我们，你们得骑着马对战，到时可能都会染上病。"族长听了没办法，只好吩咐自己的部落远离费特拉的马队。

卡西姆带着马队前往巴士拉，只扎营了七个晚上，远离人群和水井，与萨尔玛在黑帐篷里过夜，告诉她各部落的风俗。

第八天一早，他们就到了巴士拉城，全程没有丢一匹马。卡西姆把他的马队带到城墙边，准备进城。有位土耳其军官出来命令他们："离开这，我们听说你们的马都有病。"卡西姆让军官检查了他带来的马，军官看见它们都很健康。卡西姆还答应送给军官十匹马，因此得以顺利进城。

在巴士拉，马的价格是在希拉的三倍。卡西姆分给了费特拉马夫每人一匹马，以作为奖赏，尽管如此，他最终不但赚回了两万两千四百一十二里拉金币的本金，还赚到了两万八千里拉金币的利润。他为自己留了一万四千里拉，又把另外一万四千里拉加在了他欠阿卜杜勒·拉希德·梅吉德的钱上。他用自己的那份钱为萨尔玛在巴士拉买了套房子，买了铜锅、金手镯和银脚镯，还雇了仆人，使她不必再做粗活。卡西姆在巴士拉逗留了几天，好好享受了一番。

而在希拉城里，阿卜杜勒·拉希德·梅吉德正惶恐地坐在店里，惦记着合伙人什么时候能把钱汇过来。他知道马商派来的人一直在跟着他，监视他。一天，一位来自巴士拉的富商来到希拉，阿卜杜勒·拉希德跑去问他："有巴士拉商人阿卜杜勒·哈梅德·艾尔·阿特拉基的消息吗？他身体好吗？"商人回答说："我从没听说过这个名字。"阿卜杜勒·拉希德听了，吓得心跳都快停了："他不是印度的富商吗?"商人回答说:"我的店就在印度,我没听过有这号人。"阿卜杜勒·拉希德简直快疯了,他整天坐在自己店里,什么事也不做,拧着手,就像洗衣工拧衣服一样,而马商们都在等着找他要钱。

一天,卡西姆对妻子萨尔玛说:"我现在必须回希拉,把欠你父亲的钱还上。"卡西姆去见了巴士拉的银行家,把属于阿卜杜勒·拉希德·梅吉德的四万零四百一十二里拉①金币给了他,从他手里拿了汇票,骑马去了希拉。在他进城前,他又粘上了羊毛胡须,成为富商阿卜杜勒·哈梅德·艾尔·阿特拉基后,再去阿卜杜勒·拉希德·梅吉德的商店。

阿卜杜勒·拉希德·梅吉德一看到他,就愤怒到了极致,他跑出商店诅咒阿卜杜勒·哈梅德,还试图抓住他,不过阿卜杜勒·拉希德老了,没抓到他。卡西姆一看这阵势又骑马出了城,心想:原来我岳父是这样接待我的,我得给他上一课。

卡西姆脱掉胡须、头巾、鞋子和华贵的衣服,只穿一条破烂的长袍赤脚进城,来到了阿卜杜勒·拉希德的商店:"你的里拉拿去,把我的当物还给我。"阿卜杜勒·拉希德记得这位年轻人,他曾用自己的一根胡须换

---

① 原文为 forty thousand four hundred and twelve,但按照正文描述计算应该为三万六千四百十二里拉金币。——译者注

过里拉和布匹，于是他收了钱，打开盒子，准备把抵押物找出来，可他怎么也找不到卡西姆的胡须。胡须太少了，也许是被某条头巾缠住，带出了盒子。他对卡西姆说："抵押物我找不着了，不过它也不值钱，对吧？"卡西姆听了反问："你是在说我的胡须不值钱吗？你必须把我的胡须还我，这是我的荣誉，不然我就要了你的命。"卡西姆诅咒了阿卜杜勒·拉希德，就像阿卜杜勒·拉希德先前诅咒他一样。

卡西姆出完了气，掏出四万零四百一十二里拉金币的汇票，把它交给了阿卜杜勒·拉希德，说："其实我是你的女婿，阿卜杜勒·哈梅德·艾尔·阿特拉基这个人是我虚构的。"阿卜杜勒·拉希德看了眼汇票，确认无误，心里充满了喜悦。

卡西姆接着回到了巴士拉，回去的路上下起了雨。这是冬天里的第一场寒雨，卡西姆的衣服淋湿了，他也着凉了。当他回到巴士拉的家中，和妻子萨尔玛打招呼时，他的鼻子一直在滴水，就像棕榈树叶子滴下的雨珠。萨尔玛看见后笑了笑，她不会因为卡西姆的鼻子滴水而哭泣。

再访蒙塔菲克

纳西里亚的铜匠哈立德

土耳其人统治伊拉克的时期，巴士拉有位铜匠，名叫哈立德。他出生在纳西里亚，在那儿生活到十六岁。父亲去世后，他带着母亲来到巴士拉，在布鲁姆集市上做铜匠挣钱。他每月从铜匠铺老板那里领的钱只够应付自己和母亲的吃穿和房租，存不下钱买商铺或娶妻。哈立德和母亲住在一座简陋的房子里，家务由母亲负责。

后来，哈立德的母亲生病过世，留下他一人在家中，没有人帮他料理家务。哈立德每天从日出忙到日落，连去集市买蔬菜和肉的时间都没有，也不能做饭了。因此，他心想：我的收入雇不起仆人，但是我也到娶妻的年纪了。如果我有钱，我早就应该这么做，因为男人都得成家。但我现在一贫如洗，想娶妻只好要求低一点。或许这样的女人无法满足我对一个完美妻子的要求，但她至少能帮我去市场买菜、做饭、打扫房子。

哈立德找人请来了一位聪明的妇人当媒人，对她说："我的收入很低，也没多少产业，你帮我找找哪位父

亲需要的聘礼不超过一里拉金币。哪怕这女孩的腿瘸了
或者有一只眼睛看不见也不要紧，只要她会做饭就行。"
聪明的媒人回答说："我已经有人选了，她父亲只要求一
颗枣核。女孩身材完美，面庞似月亮般美丽，她还能朗
诵诗歌，至于她的厨艺，据说连天使都想来欣赏她的厨
艺。"

　　哈立德听了很疑惑，问那聪明的妇人："如果她真如
你所说的那样好，那聘礼为什么只要一颗枣核呢？是不
是她的名声不好？我可不想要这样的妻子。"妇人说：
"如果是这样，你可以把她送还给她的父亲。但她确实十
分自尊自爱。至于聘礼为何只要一颗枣核，是因为这姑
娘脾气暴躁，像匹烈马。她的父亲最近新娶了一位和这
姑娘同龄的妻子，她毫不留情地殴打和折磨她父亲的新
妻子，闹得家里鸡飞狗跳，所以她的父亲才想尽快把她
嫁出去。这个女孩名叫哈利拉。的确得有人好好管教一
下她。"哈立德很高兴自己能娶到一位花容月貌的妻子，
于是对那聪明的妇人说："那就照你说的去做。我要娶这
女孩，然后好好管教她。她的脾气我不怕，不过是女人
的小性子而已。"

　　妇人替哈立德安排好了一切。朋友们把女孩哈利拉
带到他的家里，两人顺利成婚了。哈立德心里高兴极
了，女孩的确很美，身材也很好，他整夜都沉浸在结婚
的喜悦之中，他想："我只是个可怜的铜匠，居然有幸娶

到一位能配得上苏丹的美丽新娘。"在新婚的快乐中度过了几天之后，哈利拉在太阳升起时就叫醒哈立德，对他说："该起床去工作了，房子很脏得打扫一下。"哈立德听了便起床去工作。

日落时分，等到布鲁姆集市的铜匠关了商店，哈立德得到店主允许后回了家。哈立德一到家，屋里的景象简直让他不敢相信自己的眼睛，他以为自己在做梦：房间里铺着最漂亮的丝绸地毯，肯定价值超过一百里拉金币，地毯上摆着用最好的木头制成的桌椅，桌子上放着银制的盘子和花瓶。哈立德看到自己的房子比巴士拉首富的房子还要富丽堂皇，惊讶极了。

他问妻子哈利拉："这些东西都是从哪儿来的?"她回答说："你认为我会住在没有地毯的土屋里，用陶制的盘子吗? 我出身高贵，需要这些精致美丽的东西。因此，我用你的信誉担保，买了这几件必需品。就买这么几件也不容易，商家似乎不太相信你能还上账。"哈立德气极了，说："你知道自己做了什么吗? 我得花五十年才能买下这些东西，你知道吗?"她回答说："那我岂不得一直生活在肮脏的环境里? 这些房屋的必需品你都付不起吗?"

哈立德越发恼怒，他觉得有必要教训下自己的妻子，拿起棍子打了她几下。正当他伸手捉住妻子准备继续打时，妻子一口咬住了他的手腕，都快咬到他的骨头了。这下哈立德才知道，妻子的脾气的确很火爆。

两人一直厮打到清晨，哈立德的脸上满是妻子指甲抓出来的划痕。至于哈利拉，她的背在流血，眼睛被打得乌青。哈利拉躺在床上，拒绝给哈立德做早餐，哈立德只好饿着肚子去上班，连一口茶都没喝上。

哈立德坐在铜匠铺里，按店主的吩咐制作铜器，内心满是忧伤，他想：我还不如不娶她，因为她，我现在身无分文，还欠了几百里拉金币的债，之前我可是连一枚铜币都不欠的。而且她这样一个娇贵的女人，也不会给我准备食物的。等到太阳落山，哈立德又去找那位聪明的妇人，告知她如今的情形，问她："我怎样才能驯服我的妻子，使她顺从于我？"

妇人深思熟虑后，询问哈立德那些幸福之夜的情况，因为她可是这方面的专家。她想了想，告诉哈立德："等你回家后，你就躲开她，连着好几天不要理她。然后你还得安排娶下一位妻子。我向你保证，在重新娶妻这件事办成前，她就会恢复理智，顺从于你。"

哈立德回到家里，没有和妻子打招呼。相反，他走向地毯，用手抚摸着它，说："噢，可爱的地毯，你的丝绒多么漂亮，你的颜色多么鲜艳。事实上，美丽只停留在地毯上，不会留给任何一位女人，女人都是一样的，她们的头发像蜘蛛腿一样黑，眼睛像狗，嘴像猴子，胸部像水牛的乳房，肤色如同地上的泥巴。男人怎么能爱一个女人呢？但是看看你，可爱的地毯，你的颜色是这样五彩斑斓，有玫瑰的红，天空的蓝，青草的绿，金子的光泽。而你还有珍贵的天赋——沉默，你不会像猫一样在月光下打架，尖声嘶叫。"自那晚起，哈立德每天都会卷起地毯，抱着它上床睡觉，不和妻子说一句话。至于哈利拉，她心想：嫁给一个疯子大概就是我的命吧。

读者们，你们要知道，在那时候，巴士拉的土耳其总督在巴格达安插了间谍，间谍会给总督传递消息，让他提前了解自己上司的动态。这是因为巴士拉的财政收入确实很高，但总督拿去了四分之三供自己和家人使用，只把四分之一送去了巴格达，然后对外宣称巴士拉始终是个贫穷的城镇。

一天，总督收到一封间谍送来的信件，信的内容如下：

> 尊敬的总督，通过我的秘密侦查，我发现有一名间谍被派往了巴士拉，他的任务是报告您的统治状况和城市收入。至于他的名字，我不太清楚，知道了也没用，因为他会改名字。但据说他是名工匠，请您一定提防这个危险的人物。

总督读了信，脸色煞白，立即派人招来他安插在巴士拉的许多线人和间谍，这些人是专门监视那些把财富故意藏起来的商人的。他吩咐他们去集市，详细查问城里的工匠，找一位表里不一的外地人。

这些人开始执行总督的命令，整整一个星期，他们仔细探查了集市和咖啡馆，回来报告总督："我们仔细询问了城里的每一位工匠，找到了一位来自纳西里亚的铜匠哈立德。关于他的这些事可能都不是真的，他肯定不是外表看上去的那样。他虽然只是一个贫穷的铜匠，月收入还不足一里拉金币，但他住的房子居然比您的宫殿还要豪华，他的妻子去市场买了价值数百里拉金币的丝绸地毯和银质器皿，却丝毫没有考虑价格。"

总督打发他们离开，心想："肯定就是他了，他之前一定收到过一袋黄金作为间谍的花销，不过他挪用了一部分用于自己的生活开销。"总督派人请来他万分信任的秘书，对这位忠实的秘书说明了情况，要求他除掉这个危险的人物。

秘书想了许久，告诉总督："杀了他不太明智，总会有人替代他。政府有很多眼线。我们不如把这人拉拢到我们这边。俗话说，男人的心总会被女人或黄金打动的。"总督同意了秘书的提议。

第二天，秘书就去了铜匠所在的市场，来到哈立德干活的那家店铺。店主看到这位尊贵访客十分高兴，为他端了杯茶。但秘书没有和店主搭话。注意力都放在了哈立德身上，他看哈立德正在做铜碗，说道："这的确是巴士拉最好的工匠。"店主心想：总督的秘书是对哈立德感兴趣吗？这铜碗虽说不比集市上的其他几百个碗差，但也好不到哪去呀？

秘书继续说道："总督一向关心巴士拉人民的福祉，也很热爱艺术和美好的事物。他听说巴士拉人民的房子里总缺少精美的铜器，便吩咐我寻找能工巧匠。经过一番查问，我发现你是最好的工匠，我要任命你为铜匠检查官，月薪为一百里拉金币，职责是检查巴士拉的铜匠是否合格，并给合格的铜匠颁发许可证，你可以向他们收取一定费用。"

哈立德听了秘书的话，十分喜悦，至于店主，他心想：哈立德的确是位英俊的年轻人，但我可没想过他会有今天。一定是他的容貌吸引住了秘书，因为他的技术实在让人不敢恭维。

哈立德感谢了秘书，起身离开铜匠铺。他要回家告诉妻子把家具都收拾好，准备从泥房子搬到大理石房子去。哈立德走进自己的房子，对妻子说道："把地毯和家具收拾好，我们现在就搬到豪宅去。"

哈利拉听到丈夫这番话，心里悲伤极了，她心想：我真的把这可怜的人逼疯了，他只是个可怜的铜匠，连装修房子的钱都没有，现在却说要搬去豪宅。我实在太不幸了，即便和他离婚，谁又会娶一个离过婚的女人呢？看来我得和这疯子一直生活下去，从此再也享受不到婚姻的乐趣了。

哈利拉扑倒在丈夫脚边，身体因啜泣而止不住地颤抖："噢，我的丈夫，你还是像婚礼那晚那样吧，你想怎么样都可以。"哈立德心想：她确实应该挨一次打，这样她将来才会不那么火爆。于是他抄起棍子打了妻子，哈利拉这次没有再反抗。

后来，哈立德带着妻子住进了华宅，多年来一直拿着很高的薪水，享受着妻子给他的爱，哈利拉也不再与他作对。至于巴士拉总督，他也很高兴，他认为自己成功拉拢了上级派来的间谍。至于真正的间谍，从来没人听说过，因为他早在去巴士拉的路上被玛丹人杀害了，身上的黄金也被抢走了，政府也没再派另一个间谍来接替他。

朝圣者之子的故事

　　传说古时有位大地主，拥有辽阔的土地，阿拉伯人和贝都因人的酋长都向他进贡。真主是此地唯一的信仰。地主名叫哈桑，他有位年轻的妻子，貌美如月，还有一位忠实的仆人，名叫艾哈迈德，艾哈迈德从小就和他在一起，凡事都服从他。

　　有一年，苏丹给地主哈桑下了道命令，任命他为朝圣商队的领队。哈桑的妻子那时正怀着孩子，哈桑深爱着她，不愿离开她。因此他特意为妻子打造了骆驼背上的座椅和帐篷，他说："我的儿子会出生在朝圣之路上。"

　　此次朝圣的目的地是麦加，朝圣队伍依照领队的命令行进，随行的还有他的妻子和忠实的仆人艾哈迈德。队伍到达托斯山谷后，在那里停了一夜。随着队伍行进的还有许多印度朝圣者，其中有些人染上了霍乱。在托斯山谷，霍乱蔓延，队伍中的许多人都染上了病，他们都被折磨得满地打滚。

　　而就在当夜，哈桑妻子快要生产了，哈桑对仆人

玫瑰与胡须：伊拉克民间故事

说："快把随行的接生婆和奶妈请来。"可艾哈迈德告诉哈桑："主人，她们都病死了。"哈桑只好和艾哈迈德一起照料妻子生产，他们成功接生了一个男孩。男孩顺利降生，可不幸的是哈桑的妻子却在分娩的痛苦和劳累中死去了。哈桑让艾哈迈德去问问队伍里有没有女人可以帮忙照料这个男孩，可艾哈迈德转了一圈，回来告诉哈桑："主人，队伍里的女人都病死了，连骆驼奶也没有。"

哈桑的内心充满了忧伤，他想：我亲爱的妻子死了，现在我的儿子也快死了。他对艾哈迈德说："去挖个坑，把我的妻子和儿子一起埋葬吧。"艾哈迈德听了，说："主人，你是要把这男孩活埋了吗?"哈桑反问："你有乳汁哺育他吗? 我们只能让他听天由命了。"于是，仆人艾哈迈德挖好了一座坟墓，把女人和男孩放里面。

第二天清晨，他们把病死的人都埋葬好了，队伍继续行进，来到法拉特山谷，当晚在那里安营过夜。可疾病并没有放过他们，整个夜晚充斥着垂死者的尖叫声，领队哈桑也染了病，当晚便去世了。

又到清晨，仆人艾哈迈德四下张望，发现自己是唯一从地上爬起来祷告的，其余的人都湮没在死亡的寂静中了。艾哈迈德整理好队伍携带的金子、物资和骆驼队，让一头骆驼驮着主人的尸体，想带着哈桑完成朝圣。

艾哈迈德独自一人踏上前往麦加的路，接下来的旅途中，他没有再遭遇其他不幸，顺利到达麦加。他在麦加住了几个月，因为骆驼太多不好管理，他就把骆驼和主人的财产都变卖了，把卖得的钱和先前带在身上的金子放在一起，仔细记好钱的总数。

做完这些事，他又想道：我该怎么处理这笔钱呢？我的主人已经死了，他的妻子和儿子也死了，目前唯一的继承人好像只有他的兄弟，可他们两兄弟的关系并不好。他的兄弟已经夺去了主人大片的土地和产业，我只是个奴仆，无法阻止这一切，但他确实不应该再拥有这些黄金了。于是，他打定主意，要把这些金子带回故土，如果真主能保佑他平安到达，他就以主人的名义把钱捐给清真寺和宗教慈善机构，好让主人受到世人崇敬。

仆人艾哈迈德等着下雨天过后出发，这样雨水能填满水井，旅途自然轻松些。时机一到，他就带着几匹骆驼独自出发了，此行的目的地是伊拉克。回去的路上，他又一次来到托斯山谷，他想着要再去看一下女主人的坟墓，还要修缮一下坟墓。他卸下物资，搭好帐篷后，走到了女主人的墓前。

艾哈迈德看了看女主人的坟墓，发现坟墓顶部有一个洞，他从洞口往下看，让他惊奇的是坟墓里有个活生生的男孩。艾哈迈德赶紧把石头挪到一边，打开坟墓，看到坟墓里的孩子大约一岁，女主人的尸体早已腐烂，只有一个鲜活的丰满的乳房。艾哈迈德把孩子从坟墓里抱出来，搂在怀里，就在那一瞬间，剩下的那个乳房也迅速枯萎了。

艾哈迈德带着孩子走近驼队，骆驼群里有只母骆驼还有奶，他拿着器皿，盛满骆驼奶，喂给孩子喝。

第二天，艾哈迈德继续他的旅程，但他改变了行程的目的地，决定要去哈伊勒①，在那里停留几年，等他的小主人长大再去伊拉克。如果他们现在就去伊拉克，小主人的叔叔可能会对小主人不利，因为他现在已经占领了庄园，而艾哈迈德只是个可怜的仆人，无法帮小主人争取他的权利。幸好艾哈迈德现在手里有大量黄金，可以先让小主人接受合适的教育，等他成年了，他就可以要回自己的土地。

于是，艾哈迈德带着孩子去哈伊勒。到了那儿，他买下一所房子，为孩子雇了保姆。又过了几年，他为孩子请了老师，教导他马术和兵法，教他如何在马术竞技和战斗中使用剑和长矛。

男孩长到十六岁，长成了哈伊勒最英俊的男孩，他的外貌无与伦比，至于他的剑术，哈伊勒没人比得上他。艾哈迈德这时才告诉他的小主人里贾布，自己并非他的监护人，而是他的仆人。艾哈迈德将当年的真相全盘托出，里贾布听到这些十分惊讶。于是，里贾布吩咐

---

① 哈伊勒(Hail)，沙特阿拉伯西南部内志地区的绿洲城市，哈伊勒省的首府。——译者注

艾哈迈德预备骆驼，准备前往伊拉克。艾哈迈德把在哈伊勒的房子卖了，为旅行做准备。他手里还有一大袋金子，这都是他为里贾布留下的积蓄。

在路上走了好多天后，里贾布和艾哈迈德终于到了伊拉克，来到他父亲位于塞马沃附近的庄园。他们向村民打听情况，得到的回答是，哈桑的兄弟哈米德继承了哈桑的土地和产业，在过去的十六年中，他一直霸占着土地产业，像暴君一样掠夺穷人的食物。里贾布和艾哈迈德并没有表明自己的身份，只是对好奇的村民说，里贾布是位来自哈伊勒的沙马尔王子，暂时没事做，在外游玩而已。里贾布和艾哈迈德在靠近塞马沃的阿拉伯帐篷里过夜，只有牲畜为伴。

一天晚上，里贾布和艾哈迈德正在帐篷里睡觉，突然一声巨响吵醒了艾哈迈德，他以为是盗贼在偷骆驼，便提刀冲了出去，赶紧跑向驼队。可他却看见了一位蓄着白胡子、弯腰驼背的老人，老人向他讨要水和食物。艾哈迈德把老人带到帐篷里，叫醒了他的小主人。里贾布吩咐人拿来食物和水，老人吃饱喝足，感谢了里贾布的招待，告诉他："我想要卖给你两句话，价钱是一枚大马士革币。"艾哈迈德在钱袋里搜了搜，找到一枚大马士革硬币，交给老人。老人便说了："第一句，你要提防独眼人，第二句，你不可在新月之夜入眠。"说完，老人拿起手杖，起身一瘸一拐地走了。

第二天早晨，里贾布对艾哈迈德说："我们在这里安营耗下去没有什么意义，我还没有想出可以收回产业的计划，我若对百姓说，我是哈桑的儿子，我在母亲的坟墓里住了一年，没有人会信我。我应该去我叔叔的房子看看他是怎样的人，如果他不是坏人，我就直接告诉他我是他的侄子。"但艾哈迈德并不赞成："可他确实不是好人。"里贾布不相信："这怎么可能？他可是我的血亲啊。"

里贾布和艾哈迈德骑马来到哈米德家中，想要一探究竟。里贾布走进房子，向众人行了礼，他看到房间里人来人往，就趁仆人递咖啡的时候问他："这些人是来干什么的？"仆人回答说："今晚，我们主人嫁女儿，全城的人都来赴宴了。"里贾布接着问仆人："她美吗？"仆人回答说："我的小主人如果晚上出门，月亮都会因为嫉妒她的美丽而遮住自己的脸。"里贾布心想："她是我的堂妹，我有权娶她，我得找叔叔表明自己的身份。"

里贾布在客厅里坐了快半个小时。突然人群中传来一阵骚动，大家都站起来了，原来是地主哈米德走进客房，开始享用他的早晨咖啡。里贾布见到了叔叔的脸。让他吃惊的是，哈米德居然只有一只眼睛。里贾布转身对旁人说："我从来不知道这家主人只有一只眼睛。"旁人听了解释道："就在一个月前，主人在侍弄自己养的猎鹰时，猎鹰像挖野兔眼睛一样把他的眼睛啄了出来。"里贾布心想：老头说的第一句话肯定是让我提防我的叔叔，我不能向他透露我的身份。

于是里贾布坐在客厅里，一直想着：我明明有权娶这个女孩。我该如何才能阻止这场婚姻呢？哈米德环顾四周，发现有位从没见过的美少年坐在那里，他问："他是谁？"众人都说只知他是来自哈伊勒的沙马尔王子，不知道他的姓名。里贾布起身谢过主人的招待，离开宴会，骑马走了。里贾布出门后并没走远，而是藏在棕榈树林后，继续盯着哈米德的家，心想：我今天必须把那姑娘带走。他发现妇女们待的地方有许多奴仆和拿刀的内侍在看守，不太可能闯进去。但是茅房就在不远处。他不免埋怨起自己：如果我早来一天的话，当女孩清晨去茅房时，我就可以把她带走，但现在没时间再等一天了。里贾布突然想到一个主意，慢悠悠地骑马回到塞马沃。

在塞马沃的集市上，里贾布先买了套女人的衣服，把它包起来藏在斗篷里。然后找到药剂师买了三粒罗马药丸。那时有许多复杂的药物，但治疗方法很简单，罗马药丸对人和动物都有效。有人曾说过，人用一粒，马用两粒，骆驼用三粒。他拿了三粒罗马药丸，又去了糖果店，从那里买了一盘最好的糖果。他切开其中最大最好的那颗，把三粒药丸放在里面，他对制糖师说："我的骆驼不肯吃药丸，所以我得把它们藏在糖果里。"

买完东西，里贾布又骑马回到自己的帐篷，吩咐仆人艾哈迈德把东西都装在骆驼上，再把他们全拉到一处高地上，想到达那高地，得沿着一条人迹罕至的小路走八个小时。里贾布换了一匹马，把女人的衣服和糖果都藏在斗篷里，去往哈米德家。到达房子附近时，他把马藏在了茅房附近的棕榈树林，换上女人的衣服，把自己的衣服也藏在马旁边，然后把装满糖果的托盘搭在肩上，朝房子走去，他模仿女孩的声音叫卖道："快来买我的糖果，快来买好运！"他像吉卜赛人那样蒙着面纱，因为他的胡须还没长出来，看上去美极了，看见他的奴仆和哨兵都想：这吉卜赛少女多么迷人啊，也许今晚可以和她玩玩。这些士兵就放里贾布进了女眷的屋子。

女仆们都聚集在里贾布身边，想要买糖果，他却不肯给，说："首先，我必须把最大的糖果以一枚银子的价钱卖给新娘，这会给她带来好运，祝愿她生下一个健康的男孩。"女仆们就准备把这位"吉卜赛少女"带到新娘那儿，希望能让新娘开心起来，因为新娘并不喜欢这桩婚姻，正哭着呢。

他们领着里贾布进了哈米德的女儿阿利娅的房间，她哭得伤心极了。女仆对她说："小姐，从吉卜赛女孩那里买块糖吧，它会给你带来好运的，还能让你生下一个健康的男孩。"里贾布见了阿利娅，心里充满喜乐，因为她的眼睛亮如珍珠，嘴唇红似玫瑰，隐约可以透过丝绸衣服看到她曼妙的身材。

　　阿利娅含泪看着"吉卜赛少女"说："那就给我块蜜糖吧，尽管它并不能给我带来幸福，我的悲伤已无药可救了。"里贾布给了阿利娅最大最好的糖。阿利娅吃了说："外边确实香甜可口，但中间却是苦的。这是为什么呢？"里贾布回答说："小姐，这就是爱情的糖啊，爱情虽然是甜蜜的，但也不是一点苦楚都没有，因为爱终会有尽头，所有的恋人最后都会因死亡而分开。所以，一个女孩会先尝到爱情的甜头，又必然会体验爱情的苦涩和悲伤。"

　　阿利娅觉得这"吉卜赛少女"讲得太对了，便下令赏给"少女"一里拉金币。里贾布拿上钱币，把剩下的糖都分给了女仆："都拿去吧，你们的女主人给了我很多钱，我现在要回帐篷去，再做更多的糖，今晚的需求量很大。"里贾布发完糖便离开了屋子，离开时哨兵和守卫还和他搭话："美丽的姑娘，你今晚还会再来吗？"里贾布向他们眨了眨眼，回答道："今晚我听凭你们吩咐。"说完就急匆匆赶回棕榈树林，去取他的马和衣服。

　　阿利娅坐在自己的房间里，心想：那吉卜赛少女多么漂亮，她看我的眼神多么炽热，似乎在渴望我的身体，但她给我的糖又是多么苦涩。阿利娅并不知道那蜜糖里藏着三粒罗马药丸，都快赶上一头骆驼的剂量了。

　　里贾布回到马旁边，脱下女人的衣服，又换上自己

的衣服。他手拿着剑，站在马旁，盯着茅房，心想：时间快到了。过了将近十分钟，他看见阿利娅从房间里走出来，匆匆朝茅房走去。可还没等阿利娅进去，里贾布突然骑马出现，把她抱上马，用手捂住她的嘴，不让她发出一声尖叫，迅速掉头朝沙漠飞驰而去。他的行动很快，哨兵和守卫们都没看见，他们还在纠结看阿利娅去茅房是否妥当。

疾驰了一段距离后，里贾布松开捂住阿利娅的手，阿利娅看着他的脸，觉得他和刚才的"吉卜赛少女"有些相似，她心想：如果掳走我的是这么一位英俊的男人，那我可太幸运了。他可比我父亲要我嫁的那个可怕的老地主英俊多了。但是骑到途中，阿利娅的肚子剧痛无比，她说："高贵的陌生人啊，请让我休息片刻，让我放松一下。"里贾布回答说："等一等，等我们到了沙漠，看看有没有人追我们。"

他们进入沙漠后，身后约有一英里的广阔视野，里贾布这时才放阿利娅下马解决需求。里贾布发现阿利娅并不需要被看管着，她和他在一起很自在，阿利娅休息完又自己骑上了马，她说："请原谅我耽搁了时间，我们继续前行吧，这样能离我父亲更远几英里。"里贾布向阿利娅解释了三粒罗马药丸的事，说自己用这么大的剂量是想确保万无一失。阿利娅嘲笑了一番他的谨慎："其实你想让我离开那房间，一粒罗马药丸便足够了。这就是所谓的爱的苦楚，对吗？"里贾布说道："亲爱的，你既然在爱情的初始就尝到了苦楚，以后便不会再经历，因为我们的爱永无止境。"阿利娅和里贾布就这样确定了彼此的心意。

里贾布带着阿利娅骑了八个小时，到了先前说的那处荒芜的高地，等着忠实的仆人艾哈迈德和他的牲畜到来。约等了一个小时，艾哈迈德带着骆驼出现了。他们搭起了帐篷，阿利娅为他们烹制了食物。等吃过食物，里贾布就把阿利娅带进了帐篷，仆人艾哈迈德等候在帐篷外。在里贾布带她进帐篷时，阿利娅有些害怕，里贾布见她如此，便安慰她："你不要害怕，我是你的亲人，不是陌生人，我是有权利娶你的。"阿利娅听了大吃一惊："有权娶我的只会是我的堂兄，可我并没有堂兄啊。"里贾布回答说："我就是你的堂兄。"里贾布把自己出生以及在坟墓生活的事原原本本地讲给了阿利娅。

而在哈米德家中，过了一会，人们发现阿利娅不见了。母亲一直在呼唤阿利娅的名字，却无人应答。哈米德见女儿不在屋里便有些担心，问了守卫，守卫告诉他一小时前阿利娅确实出了房间，去了茅房，但没见她回来。哈米德听见这话，着急起来，他想：她可能是割了手腕，或者逃跑了，因为她不想要这桩婚姻。于是哈米德打发了一位女仆到茅房查看阿利娅的情况。

女仆跑到茅房，发现里面空无一人。于是哈米德又吩咐仆人和看守去搜查棕榈树林，仆人和看守回来报告说那里也没人，但他们发现了一些女人的衣服和一个铜盘。女仆一眼认出那不是女主人的衣物，而是卖糖果的"吉卜赛少女"的衣服。哈米德问门口的守卫，其中一个说："我当时真没留心，因为她是女孩，不过那'吉卜赛女孩'的脸确实和今天早上在这儿的沙马尔王子的脸一样。"

哈米德被守卫的话点醒了："我的女儿肯定被沙马尔王子带走了。有人知道他的营地在哪里吗？"来客里有位阿拉伯人，他曾听说沙马尔王子在村庄附近安营。哈米德赶紧吩咐管家带上二十个人，骑马赶去沙马尔王子的营地，把他抓回来。过了两个小时，管家回来报告说："营地都撤走了，他带着牲畜进沙漠了。"哈米德气极了，大声嚷着："这沙马尔王子到底是干什么的？像老鼠一样在女眷住的地方闲逛吗？"哈米德又吩咐管家召集好所有人，在他回哈伊勒的路上截住他。

在场的人提醒哈米德："你是要以酋长的身份还是地主的身份与沙马尔为敌呢？沙马尔人肯定不会放弃自己的王子，听说他们有一万勇士呢。"哈米德这才清醒了一点："那就尽可能快点追上他们，在他们进入沙马尔的领土前截住他们。如果没能追上，我就会寻求外援。"哈米德给租借他土地的周边部落酋长们写了信，告诉他们自己的女儿被人偷走了，希望他们能为自己的荣誉而战。

可是这些酋长其实都不喜欢哈米德，觉得他是个守财奴。所以酋长们只是回答说："我们很同情你的处境，但至于你的荣誉，你自己知道该如何捍卫，我们不会插手此事。"

哈米德只好把所有的仆人招来，总共也只有三百人。他带着这些人前去哈伊勒。人们看了都说："就想凭这些人和沙马尔作战吗？"

里贾布住在沙漠的营帐里，每日打发艾哈迈德去各城镇和村庄打听消息，他也因此知道了部落酋长们的态度以及哈米德已经出发的消息。他心想：现下是我重获财产的时候了。里贾布将阿利娅和艾哈迈德留下，骑着马只身前往大酋长的营地，大酋长的部落向哈米德租借了土地。里贾布把自己的名字告诉了大酋长，说："我是哈桑的儿子里贾布，我父亲在朝圣之路上不幸离世，我这次回来是想收回属于自己的产业。"大酋长听了很疑惑，说："怎么会呢？哈桑并没有儿子呀，虽说朝圣前他的妻子已经怀孕，但两人都死于途中的霍乱，队伍里也没人活下来。"里贾布只好又把自己出生以及在坟墓里生活的故事讲给大酋长听，酋长听了很是惊奇。

酋长邀请里贾布同他们一起用餐，里贾布接受了酋长的款待。大酋长吩咐仆人去拿食物，里贾布就坐在营帐里等着。过了一会，仆人们送上了餐食，里贾布却惊奇地发现送来的不是米饭和肉，而是一捧蒸得热气腾腾的土和一只羊的骸骨，骨头上也没肉。里贾布转身就问酋长："摆在我眼前的餐食看上去有些奇怪啊？"酋长回答说："你小时候喝过死人的乳汁，从这些羊骨头和泥土里摄取营养对你来说应该不是难事，我很想看看你到底是怎么做到的。吃过这顿饭，我会再命仆人端来墨水做成的咖啡。"

里贾布见酋长不相信他的故事，心想：我该如何说服他呢？这故事确实挺难以置信。里贾布只好对酋长说："骨架里自然有养料，苍蝇不也停在上面吗？但它们只寻求营养。而我，没有营养也要活下去，难道真主让我在坟墓里活过一整年，又让我在生命的第十六年死去吗？你现在朝我射箭，我也不会死，我的死亡还没有被判定。"

酋长听了，命令仆人拿来弓箭，站在离里贾布十步远的地方，拉紧弓，对准里贾布："如果我杀死了你，我的客人，请你原谅我；如果我没能杀死你，也请你原谅我曾怀疑你。"里贾布说："你射箭吧。无论如何，我都会原谅你。"酋长见里贾布一点也不惊慌，便松了手，箭没有射中。

酋长又请里贾布坐下，给他端来咖啡："看来你确实是哈桑的儿子，我会帮你得到你的权利，我可不喜欢哈米德。"酋长告诉管家①说："里贾布是哈桑的合法继承

---

① 原文为 sirkal，似为 sirkar，sircar，意为政府、政府首脑；主人、老爷；有管家职能的家仆。根据语境，第三层意思较合适。——译者注

人，叫四百人陪他前往他父亲家里。"众人骑马来到哈米德家中，哈米德留下的守卫没有抵抗，直接放他们进去了。里贾布招来所有佃户，告诉他们哈米德已经被驱逐，自己才是合法继承人。

然后，里贾布给他的哈米德叔叔写了封信：

> 尊敬的亲爱的叔叔，依照惯例，我先向您问好，我会为您的健康和安全祈祷。我是哈桑的儿子，您不在的日子里，我已经住进父亲的房子，拿回父亲的土地。您若平安归来，我会把您视作贵宾接待。您若恼怒，我也准备好了如何应对。您的女儿阿利娅已经是我的妻子了，她也在为您的健康祈祷。

哈米德收到这封信时已经快到哈伊勒了，他读了信，脸都气黑了："这傲慢的小子是从哪冒出来的?"使者告诉他："他真是你哥哥的儿子。"

哈米德立马转身回了伊拉克，他的仆人都很庆幸不必同沙马尔军队作战。经过几天跋涉，哈米德回到他原来的房子，发现房子周围都是部落成员的黑帐篷，远远多于哈米德的人手。哈米德气极了，带领他的部下冲上去。里贾布就站在部落成员之前，还没等哈米德的部下冲上来，就解除了叔叔的武装。不过里贾布放过了哈米德，说："我不能杀我父亲的兄弟，妻子的父亲。"

里贾布带着妻子阿利娅回到自己父亲的房子里，从此过上了安居乐业的生活。只是每次夜幕降临或东方破晓时，里贾布都会陪阿利娅去茅房，不让她独自一人去那儿。

斗篷之子的故事

　　哈伦·拉希德统治时期，信士长官有位同伴名叫阿布·努瓦斯①。一天，阿布·努瓦斯去往巴格达郊区的棚户区，想为他的主人寻个乐子。他经过一座棚屋时，听见房里有人讲话，讲话人似乎很愤怒，音量很高，还带着生活在高原沙漠的人特有的缓慢腔调。阿布·努瓦斯便停下来听他们在讲什么。

　　帐篷里传来一个男人的声音，他愤愤不平地说道："女儿啊，你一定要把孩子父亲的名字告诉我，只有杀了他，再杀了你，才能挽回家族的名声。"有个女孩的声音答道："父亲，真的从未有男人接近我。去年冬天的一个晚上，我去打水，地上结了霜，夜里的天气冷极了，冻得我瑟瑟发抖，这时我看到地上有件男人的斗篷，我立马捡起来，把它裹在身上取暖。但就是那斗篷上的气味

<hr>

　　① 阿拉伯著名宫廷诗人，本名哈桑·伊本·哈尼，生于波斯阿瓦士，在巴士拉长大。初到王宫时，因政局突变前往埃及避难。30岁时辗转返回巴格达，撰写颂诗多篇，博得哈伦·拉希德和阿敏两位哈里发的赏识。——译者注

钻进我的肚子，让我有了孩子。"

阿布·努瓦斯听了心想：我的主人一定对这件事感兴趣，他不是对一切有关臣民的事都感兴趣吗？于是，阿布·努瓦斯走进帐篷，见到一位满脸怒容的老人和一位年轻漂亮的女孩，女孩哭得不能自已，她父亲手里正拿着一把匕首。

阿布·努瓦斯命令那父亲放下匕首，说："我是国家的高级官员，违抗我的命令，就会掉脑袋。这件事关乎正义。明天你们都得去法庭，带上你的女儿、那件斗篷和斗篷的主人，让法官来判断这孩子是怎么到你女儿的肚子里的，这样正义就能得到伸张。"

交代完，阿布·努瓦斯便回到宫殿，把白天发生的事讲给哈伦·拉希德听，哈伦·拉希德听了很高兴，下令："我要装扮一下，明天好坐在法庭上。"第二天，哈伦·拉希德和阿布·努瓦斯到了法庭，女孩和她的父亲、斗篷以及那斗篷的主人都在场。

女孩的父亲到了法庭上，窘迫羞愧得没了声。法官问他："你想控告谁？"无人回应。阿布·努瓦斯走上前说："法官，请让我为他发声，他没有舌头，无法讲话。"审判长同意了阿布·努瓦斯的请求。

阿布·努瓦斯指着斗篷说："斗篷，我指控你强奸了这位无辜的少女。你将自己覆在女孩赤裸的大腿上，你身上带着的男子气息钻进女孩的肚子，让她怀了孩子。"法官听了阿布·努瓦斯的指控，很惊讶，问道："你有证据证明你的指控吗？"阿布·努瓦斯就说："让女孩作证吧。"

女孩走上前去，说："博学的法官，我真是无辜的，我从未接近过男人。这事发生在去年冬天，我当晚去底格里斯河取水，地上结了霜，天气冷极了，冻得我瑟瑟发抖。当我走在路上时，看到前面的小路上有件男人的斗篷，我便拾起它，裹在身上取暖。但是，唉，我当时都不知道，那斗篷的气味钻进我的肚子，让我怀了孩子。"法官听了心想：这事可太奇怪了。对了，坐在人群中的那个大胡子商人是谁？他太显眼了，几乎可以说是哈伦·拉希德本人了。法官问了女孩一些问题，心想：我一定要依照最合适的律法把这事处理好，好让信士长官满意。

法官问女孩："你叫什么名字？"女孩回答说："我叫卡迪娅，没有其他名字了。"法官记下女孩的回答，然后又问道："原告说这斗篷曾覆在你赤裸的大腿上。这事是真的吗？"女孩卡迪娅回答说："确实是这样，我当时穿着一条裙子和我自己的黑色披风，外面披着那件男人的斗篷。穿上后我的脖子有些痒，我就把裙子撩起来遮住脖子，这样一来我的大腿便直接接触到了斗篷，此时这件恶魔斗篷居然更使劲地在我裸露的腿上挠痒，我因为痒笑得四肢无力，不知不觉张开了腿，也许就在那时，气味钻进了我的肚子，让我怀了孩子。"

法官转向法庭上的其他人，问他们："有人为被告辩护吗？没人能够不经辩护就被判定有罪，这是我们伟大的领袖哈伦·拉希德定下的规矩。"这时，那大胡子商人（其实就是哈伦·拉希德本人）走上前来，说："我要为那斗篷辩护。"

大胡子商人举起手，高声说道："这件斗篷确实无辜，那女孩不是说斗篷带的气息让她怀了孩子吗？气味与斗篷不同，它只是像男人骑马一样骑在斗篷上而已。骑手从沙漠回到家中，让妻子怀了孩子，这是常有的事。但我从未听说过马是孩子的父亲。一件斗篷可以带有多种气味，如烟草味、花香、咖啡味以及其他气味，就像一匹马可以有许多骑手一样。所以被控告的不应该是斗篷，而是那特定的气味。"

法官听了便做出判决："斗篷，你是无罪的，请继续做自己，像一直以来的那样。我现在命令，把剥夺女孩贞洁的气味带来见我。"

阿布·努瓦斯说道："法官，这气味就在斗篷上，在你跟前，你如果怀疑，就请来闻一闻。"阿布·努瓦斯转过身，手指着斗篷说："噢，邪恶的气味，你附在一件无辜的斗篷上，钻进少女的肚子，还让她怀了孩子。"

法官又问众人："有人为气味辩护吗？"大胡子商人又走上前来，说："我来为它辩护。"

哈伦·拉希德抬起右手说："这气味也是无辜的，一种气味怎么会犯罪呢？你会控告箭，还是控告射箭的人？噢，审判长，你得控告气味的主人，而不是气味本身。"

法官听了哈伦·拉希德的话，又下了判决："气味，你是无罪的，请继续做自己，像一直以来的那样。"

法官随后吩咐，把气味的主人带上法庭，众人把一位十六岁的少年带到法官面前，说："这孩子是那斗篷的主人，那气味肯定是他的。"法官问少年："你叫什么名字？"少年回答说："卡拉姆。"接着，法官又问："你现在被指控带有一种活跃且危险的气味，而且你没有控制好这气味，让它钻进女孩的肚子，使她怀了孩子。"少年听了坚持称自己无罪。

法官对那男孩说："那天夜里，这女孩在地上找到你的斗篷，穿上它取暖的时候，你在哪里？你为什么不控制好自己的气味？"男孩回道："在那寒冷的晚上，女孩穿上了我的斗篷取暖，我也在斗篷里，天气那么冷，我除了在斗篷里，还能在哪？"

于是法官又召了女孩来，说："你的证词不完整也不准确，你为什么不说那天夜里你穿斗篷取暖的时候，斗篷里还有位少年呢？"

女孩卡迪娅回答说："我确实忘了，距离那晚已经过去了好几个月，很容易忘记里面装了什么。噢，博学的法官大人，你如果才出门几分钟，会常常检查自己是否带了钥匙、念珠和钱吗？对我来说，这么多个月过去了，我忘记斗篷里装了什么也是很自然的事情。"

法官接着问卡拉姆："你如何回应对你的指控？"卡拉姆举起手来说："我是无辜的，只因为我允许女孩在寒夜穿上我的斗篷取暖，就判定我有罪吗？噢，法官，你会责怪在寒风里挤作一团的羊群吗？连羊都知道抱团比较暖和，我们人类难道还不如羊吗？"

法官下了最后的判决："这少年是无辜的，女孩也是无辜的，女孩的父亲无权杀死两人。不过，我在此命令他俩今日成婚，今后当寒风袭来时，男孩可以给女孩披上斗篷，他们可以挤在一起彼此取暖。"

两位舞者的故事

　　巴士拉有一位跳舞的男孩和一位跳舞的女孩，两人是兄妹。他们是美丽的切尔克斯人，也是土耳其舞厅老板的奴隶。他们的舞蹈如此之美，以至于伟大而高贵的帕夏甚至巴士拉总督都会花几袋金币来观看他们的舞蹈。男孩名叫纳西鲁拉，女孩名叫萨尔玛，他们对自己的处境十分不满，因为无论他们赚多少金子，最后都会被土耳其人拿走，而自己永远都是奴隶。

　　一天，男孩纳西鲁拉对妹妹说："当我们的美丽逝去，帕夏便不会再看我们的舞蹈，土耳其人就会把我们卖去做苦力。我们会受人压榨，如此劳累的工作几年内就会要了我们的命。至于我们的主人，他从我们这赚的金子足以让他衣食无忧，当我们忍饥挨饿的时候，他可以和情妇住在大房子里。这事一点也不公平。"女孩萨尔玛回答说："的确，你说得很对，但我们如何才能摆脱这个土耳其人呢？白天他一直看着我们，到晚上他会用铁链拴住我们的脖子。"纳西鲁拉回答说："所以我们必须

杀了他。"萨尔玛听了脸色煞白，说："你知道杀死主人的奴隶会遭受怎样的惩罚吗？这对我们有什么好处？人们一旦发现他死了，就会鞭打我们。况且你只是个弱小的男孩，怎么杀得了他？"

纳西鲁拉对她说："我要杀了他，他死了其他人谁会知道？侍酒的男孩们不在这屋子过夜，我们可以对他们说主人病了，他们不会怀疑。至于来娱乐的客人，他们从未见过主人。都是我们上前，坐在他们膝上，亲吻他们，哄他们，直到他们把金子给我们。事实上，他们几乎不知道，我们的金子最后都被主人拿走了。"萨尔玛同意了她哥哥的话，她说："对，不论冒多大的风险，我们都要杀了他。"

第二天，等到舞厅关门后，纳西鲁拉抓住了一只老鼠，把它扔进大酒缸，酒缸的口有车轮那么大，老鼠在酒里拼命挣扎，它也不想被淹死。纳西鲁拉对主人喊道："快来帮帮我，这酒里有只老鼠。"土耳其老板听了很生气，因为他想：这肯定是男孩耍的把戏，他想从酒缸里捞一碗酒偷着喝。土耳其人走上前，朝酒缸里探看，正当他找老鼠的时候，纳西鲁拉用铁棍狠敲了一下他的后脑勺，土耳其人一头栽进酒缸里，接着纳西鲁拉叫来了妹妹，他俩抬起土耳其人的腿，把他完全推进了酒缸里，就这样把他淹死了。纳西鲁拉和萨尔玛把屋里能找到的金子都放进口袋里，但这对他们来说还远远不够，他们并不知道主人把大多数黄金藏在哪里。

第二天晚上，侍酒的男孩们来到舞厅，纳西鲁拉对他们说："我们的主人生病了，但你们还是依照惯例取酒侍酒，把钱交给我。我现在替主人管事，直到他康复为止，愿真主保佑他早日恢复健康。"

这些男孩便从酒缸底部的水龙头里取了酒，奉给舞厅的客人。纳西鲁拉和萨尔玛出场了，两人以一种前所未有的方式跳舞，帕夏和贝伊们叹为观止，他们从未见过这样的舞蹈，都对彼此说："今晚的表演最为精彩，连酒都比以往更好喝，更香醇。"

舞蹈结束后，纳西鲁拉和萨尔玛走下台，坐在帕夏和贝伊们身上，亲吻他们，挠了挠他们的耳朵，直到他们拿出自己的金袋子。他们给的金子比以往更多。当晚，舞厅关门后，纳西鲁拉和妹妹清点了今晚赚的钱，说："如果能这样再坚持一星期，我们就有足够的钱返回高加索了。"

第二晚，大厅里比第一晚还要热闹，因为帕夏和贝伊们告诉朋友们这儿的舞蹈很精彩，酒也很好。纳西鲁拉和萨尔玛再次展现了他们优雅迷人的舞蹈，亲吻土耳其贵族的耳朵，得到了比以往更多的金子。帕夏和贝伊们都在说："这舞厅的酒越发好了，至于舞蹈，这世上再没有比这更好的了。"

到了第三晚和第四晚，舞蹈依然完美，酒香越发浓厚，纳西鲁拉和萨尔玛存下了很多黄金。但到了第五晚，许多土耳其军官一起拥到舞厅，舞厅容不下这么多人，众人为了抢位置起了争执，有位贝伊竟在混乱中被杀害了。巴士拉总督很快得知了此事。

第六天一早，士兵们来舞厅找到纳西鲁拉，他们问："请问舞厅的主人贾马尔·埃芬迪在哪儿？"纳西鲁拉心里充满恐惧，回答说："他去了市场，我也不知道他什么时候回来。"士兵总管沙维什①说："我们接到总督命令，没收这个舞厅的酒，听说这儿的酒很好，军官们为了抢酒都打起来了。我们还奉命带走在这儿表演的舞者，正是他们引起了骚动，将来两人只能在总督面前表演。"

纳西鲁拉听了脸色煞白，心想：这下我们的秘密守不住了。不过，他对沙维什说："这酒是世上最好的酒，但若没有足够的人来抬它，这酒就会变质，因为这酒极为娇贵，移动的时候酒缸得保持竖直，不可有摇晃，你还得把酒缸口封严，以免冷空气钻进去坏了酒的口味。"于是，沙维什叫搬运工来抬酒。纳西鲁拉对妹妹说道："我们得走了，不能再耽搁。"纳西鲁拉带着萨尔玛离开舞厅，带走了所有的金子。

---

① 沙维什（Shawish，Shaweesh，Shawesh），是一个庞大的巴勒斯坦家族，起源于东耶路撒冷大马士革门附近。沙维什作为姓氏在世界范围内也被广泛使用。以沙维什为姓的其他家庭也来自沙特阿拉伯、约旦、伊拉克、埃及、利比亚、突尼斯和摩洛哥。——译者注

纳西鲁拉和萨尔玛是在白天溜到街上的，他们心想：现在无论走到哪里，都会有人看见我们，我们不如躲到天黑再行动。于是他们溜进了一个大仓库，仓库里堆满了科威特大箱子①。纳西鲁拉打开其中最大的一只，发现里面装满了丝绸，他把丝绸拿出来藏在另一只箱子后面，然后和萨尔玛藏进箱子，合上盖子，他还用小刀钻了个小洞，让他和妹妹可以在箱子里呼吸。

在箱子里藏了一段时间后，纳西鲁拉和萨尔玛听到有脚步声靠近，是两个男人走进了仓库，一个人问："你把丝绸打包好了吗？"另一个人用手拍了拍纳西鲁拉和萨尔玛藏身的那只箱子，回答道："主人，我已经亲手把它们装在箱子里了。"仓库的主人又吩咐道："把箱子捆好，我一小时后带着骆驼回来。""好的，主人。不过要捆上这箱子，我得叫搬运工帮忙把这箱子抬起来，我一人可抬不动。"说完主仆二人就离开了仓库。

萨尔玛害怕得发抖，对纳西鲁拉说："我们在他们回来之前逃走吧。"但纳西鲁拉回答说："不要害怕，不管这只箱子去哪里，我们都跟着去。此行路途一定不短，否则他们也不会捆上箱子，对我们而言，去任何地方都比待在巴士拉好。等到总督在酒缸里发现主人的尸体，

---

① 通常由经抛光或雕刻的柚木制成，镶着铜钉，还配有手工雕刻的大型黄铜铰链和锁，它大概为四到六英尺长，两英尺半到三英尺高，当然按比例它也很宽。

一定会火冒三丈，就像牛奶在火上煮着总有沸腾的那天。你就在这儿等着，我两分钟后带着面包和水回来，这可能是段漫长的路程。"纳西鲁拉打开箱子，跑到街上的一家商店，说："这金子给你，帮我拿点面包、枣子和奶酪。"纳西鲁拉买了一大袋食物，包括面包、枣子和奶酪，他还买了市场上最大的瓶子，往里面灌满了水，然后跑回妹妹身边。回去的路上他还买了两个西瓜。纳西鲁拉又钻进箱子，合上盖子，对妹妹说："我们得靠这些补给过上好几个星期，因为他们可能会把箱子装上船，送到印度去。"

又过了一会儿，仆人带着搬运工回来，把箱子抬起来，用绳子捆好，然后把箱子装在骆驼的背上，出发了。纳西鲁拉和萨尔玛听见很多驼铃声，心想：这不是船队，而是去往巴格达的驼队。驼队白天行进，到了晚上停下来歇息，纳西鲁拉和萨尔玛每天只喝一小口水，吃一小片西瓜和几颗枣子。

过了一周，他们的西瓜已经吃完了，又过了一个月，水也喝完了，只剩下几粒枣子和一点奶酪。纳西鲁拉对妹妹说："我们不是去往巴格达，可能是经布萨伊尔①前往麦加，或是经沙漠去往叙利亚。"萨尔玛说："如

---

① 原文为Busaiyir，似为Al Busayyir，音译为布萨伊尔，位于卡塔尔。——译者注

果三天之内还到不了，我就必须叫驼队的人把我们放出来，要么就是被杀死，要么就只能被渴死了。"

第二天，两人听见了城镇的喧哗声，纳西鲁拉听见街面上人们的咒骂声，就说："这是土耳其口音，我们怎么一个大城市都没经过就到了土耳其？这一定是专为苏丹送货的驼队，选在远离城镇的地方歇脚，提前备好充足的水和食物，一刻也不耽搁。"

驼队停了下来，搬运工卸下装有纳西鲁拉和萨尔玛的大箱子，抬了很长一段路，最后放在一块石头地上。纳西鲁拉和萨尔玛不清楚自己在哪里，他们听见有人来了，就把缠在箱子上的绳子切开，用土耳其语说道："我去叫女士们来看看丝绸。"听起来是内侍的声音，等到内侍走远后，纳西鲁拉打开箱子向外张望，但一个人都没看见。

他和妹妹摇摇晃晃地从箱子里爬出来，他们太虚弱了，几乎走不动路。他们发现自己身处一个大厅中，墙壁覆满大理石和稀有的宝石，墙上的镜子镶着银边，大厅正中还有喷泉。纳西鲁拉和萨尔玛赶紧跑到喷泉池边喝水，喝到肚子都鼓起来才停下。纳西鲁拉把妹妹拉到跟前，说："我们还得藏起来，等我们弄清这地方是哪里，怎么才能跑出去，我们再出来。现在还不确定这地方有没有看守。"纳西鲁拉和萨尔玛进了一间和正厅相通的小房间，房间里塞满了用稀奇的布料制成的礼服，都是女人穿的，房间里没有一件男人穿的大衣或斗篷。纳西鲁拉和萨尔玛就藏在礼服堆里。

内侍又回到了大厅，纳西鲁拉惊讶地发现，他身后跟着数百个漂亮的姑娘。内侍打开箱子，喊道："女士们，这箱是最新的丝绸和华服。"可箱子里只有两片西瓜皮、几百颗枣核、一个空瓶子和一股污浊的气息，这是因为纳西鲁拉和他的妹妹一个多月没离开过那箱子。这些女人和内侍看见箱子里的东西都惊呆了。内侍立马吩咐宫中的卫兵捉拿驼队的人，他们偷了苏丹为宫廷妇人准备的布料，要对他们施以打脚掌的刑罚。

纳西鲁拉听了内侍的话，吓得心脏都快停止了，对他妹妹说："你知道我们在哪里吗？我们在苏丹的后宫，这是整个奥斯曼帝国守卫最严密的地方，据说没有男人可以进入这里，更没有男人可以活着离开这里，这里只能有女人和阉人。"

纳西鲁拉看着他们藏身的衣服堆，赶快拿了件合身的衣服套上，并把自己的衣服藏了起来。萨尔玛也选了件新衣服穿上，她原本的衣服已经脏得见不得人。两人换上新衣服后，看上去就像姐妹，谁也看不出纳西鲁拉是个男孩，因为跳舞的缘故纳西鲁拉留着一头长发，胡子也还没长出来。

他们听见内侍喊道："女士们，吃饭了。"纳西鲁拉转身对妹妹说："我们都饿了，先去吃饭吧。"萨尔玛吃惊地说："什么，和她们一起吗？"纳西鲁拉说道："是的，我们去吃饭，这儿的女孩成百上千，没人会注意到有两张新面孔。"

于是纳西鲁拉和萨尔玛便走到大厅，跟着进了一座比先前更大的宫殿，殿内摆有丰盛的宴席，两人眼前有一百只烤羊，一百只烤孔雀，几百只鸡、鸭、鸽子和鹌鹑。四周坐着几百个世间最美丽的姑娘，众人都聚在一起吃饭、喝酒。

纳西鲁拉和萨尔玛坐下享用这顿大餐，两人吃得肚子都快撑破了，没人质疑他们的身份。当众人都用餐完毕后，内侍总管走进来转了一圈，和几位女孩说了会儿话，便走近纳西鲁拉和萨尔玛，对他俩说："你俩看起来好面生，你们是献给苏丹的最后的礼物吗？"萨尔玛回答说："我们确实是新来的，我们的愿望就是侍奉苏丹。"内侍叹了口气，说："怎么会这样？虽然苏丹年轻的时候一年得需要差不多三百个女孩，但今时不同往日，现在他老了，胡子白了，眼睛也花了，哪怕是一个女孩也会让他受不了。然而，我们这里已经有三千人，每月各地总督都会进贡一百个女孩。这些可怜的姑娘注定要在这偌大的宫廷里过着不被人爱、不被人见的日子，孤独终老。她们伤心欲绝，只能互相亲吻，互相安慰。"

纳西鲁拉听了内侍的话很震惊，心想：在我离开这戒备森严之地前，我得好好安慰下这些可怜的女孩。

之后的日子里，纳西鲁拉检查了宫廷里所有的门窗，它们都由手持刀剑的内侍看守，不让任何人进出。又过了几个月，纳西鲁拉几近一无所获，只发现一扇装有铁栅栏的窗户没人看守，每根铁柱都和男人的手腕一样粗，窗户下面是一个湖，任何人从窗户逃出去都得游过一整个湖。纳西鲁拉开始用宫廷里的钻石和宝石来切割铁栅栏。但要想不被人发现，每切断一根都得花上好几个星期，所以过了很长一段时间，这项工作才接近完成。

一天，纳西鲁拉还没来得及切好铁条，萨尔玛就找到纳西鲁拉，脸色煞白地告诉他："我听到一个谣言，但我想这谣言大概是真的，大约有八十个女孩怀孕了，是真的怀孕了。大家都知道，这些孩子绝不可能是苏丹的孩子。等再过一段时间，这些孩子就会被众人所知，也瞒不过内侍总管。到那时，他肯定会展开调查，对女孩施以拷打、鞭刑甚至处决，整个宫廷只怕会血流成河。"纳西鲁拉听到妹妹的话，吓得昏厥过去，他没想到后果会这么严重。

纳西鲁拉带着妹妹来到窗前，把剩下的铁条切完了。窗户下正对的湖里有两个赤身裸体的少年，大约十六岁，在水里游泳嬉戏。纳西鲁拉对他妹妹说："我们得引开这两个男孩，还得偷走他们的衣服。因为如果我们现在潜入水中，他们可能会发出警报，如果我们上岸后还穿着湿衣服，就会引起注意，而且我们也不能穿着宫廷的绸缎在城里游走。"

萨尔玛同意了哥哥的提议。她看到男孩的衣服就放在湖边，于是朝他们喊了一声。少年们转头看见窗户边有两个漂亮女孩（他们并不知道纳西鲁拉是男孩），立马游到窗户下面。萨尔玛对他们说："我们是两人，你们也是两人，上来玩吧。"

少年们回答说："窗户都被铁条封住了，我们怎么上去呢？况且这是宫廷，擅自进入难道不会被鞭打致死吗？"萨尔玛说："不要害怕，你们只要爬上墙，铁条的事我们已经处理好了，不会有人看见你们，内侍们都认为这窗户很严实，从未到过这儿。等你们进来后，就藏在一间小屋子里，没人能发现，我们可以一起玩上一小时。之后，你们可以原路返回，上岸穿衣服走人就好了。"少年们心想：不用冒风险就能到苏丹的宫廷去看看，可太好了。

少年们赤身裸体地爬上了墙。纳西鲁拉和萨尔玛松开铁栅栏，让少年们进去，把他们带到一间只有一扇门却没有窗户的小屋子，说："我们可以在这儿尽情娱乐，没人能看见。你们就在这里等着，我们先四处看看，看内侍们睡熟没有。"但当纳西鲁拉和萨尔玛一走出门外，俩人立马把门关上，用一把巨大的门锁把门从外面锁上，两位少年就被囚禁在了那间屋子里。

纳西鲁拉和萨尔玛脱下衣服，跳进湖里，然后游上岸，穿上少年们的衣服，纳西鲁拉在自己的腰上系了一根绳子，绳子上绑着许多黄金和稀有珠宝。纳西鲁拉和萨尔玛把长发裹在头巾里，看起来和两位少年无异。

至于那两位少年，他们坐在小房间里，说："这两个女孩太调皮了，还把我们给锁上，这可太好笑了。"可时间一分一秒地过去，少年们全身湿透了，还没穿衣服，不时感到阵阵寒意，他们开始害怕起来，心想：这里可是苏丹的宫廷，可不能因为少女愚蠢的把戏而在这儿被捉住。但女孩们没有回来，两位少年只能光着身子坐着，害怕得直发抖，就这样又过了一小时。

宫廷院子里，内侍总管和他的下属们坐在一起，他们不是在守门，而是盯着几个在喷泉边洗衣服的姑娘。总管对下属说道："你不觉得这些姑娘的样子有变化吗，还是我眼花了？"下属说道："我们和您想的一样，我们最近看见很多姑娘哭得眼睛发红，看来确实有些事情需要调查一下。"

内侍总管让一位聪明的妇人来检查那些姑娘，妇人告诉总管这些姑娘都怀孕了。总管听了甚是惊骇："谁是这些孩子的父亲呢？不可能是我们的主人苏丹，也不可能是生活在宫中的内侍，除了我们，这里只有女孩，没有男人可以进入。"总管命人把其中一位姑娘绑起来，并把她的大拇指绑在天花板的横梁上。总管威胁她："你要

么就这样一直吊着，直到你的大拇指被拔下来，要么就
把事情的真相告诉我们。"这女孩吊了快二十分钟，惨烈
地尖叫起来。她说："每到夜里，宫廷里有一个女孩就会
变成男孩，那女孩长得很像切尔克斯姐妹中的其中一
位。虽然'她'白天是个女孩，但到了晚上就变成男
孩，我说的都是真的。"

总管吩咐内侍们把那对长得很像的切尔克斯姐妹找
来，可他们找了一圈也没找着。总管吩咐他们再去一
次，他们搜遍了宫廷的每一间房，找到了那两个赤身裸
体的少年，他们给少年套上铁链，带到总管面前。

两位少年哭着哀求总管怜悯，总管却不搭理，他吩
咐把他们的拇指也绑在天花板的横梁上，然后命令内侍
将他们鞭打致死。总管心里想的是：这时候可不能表现
得太仁慈，我自己都快小命不保了。

两位少年就这样被打死了，妇人告诉总管总共有八
十位姑娘怀孕了。总管听了吓得心跳都要停了，心想：
苏丹肯定会要了我的命。他思前想后，只有一条路了：
他要当着众人向苏丹宣布这件事，如此，苏丹会羞于承
认自己无法生育。

于是第二天早晨，总管来到王宫，在那里，他当着
大臣、将军等人高声宣布："陛下，您的后宫有八十位夫
人怀了孩子。"众人听了都很震惊，因为苏丹的胡须都白
了，眼睛都昏花了。苏丹听了总管的话一言不发。等会

议结束，众人离开宫殿后，苏丹召来了他信任的秘书，命令道："去杀了我的内侍总管，把他的尸体埋了，对外说他病死了。"秘书遵从了主人苏丹的命令。

　　至于纳西鲁拉和萨尔玛，他俩换上少年的衣服进了城。纳西鲁拉买好了武器和两匹上等马，以及六匹驮行李的小马，当晚就动身返回自己的国家了，他们并不愿意在土耳其人的土地上逗留，经过数周的长途跋涉，两人安全抵达。纳西鲁拉娶了妻子，又把妹妹萨尔玛嫁了出去。冬天的夜晚，当他在酒馆里和朋友们喝酒时，都会说自己有八十个孩子。可众人都不相信他的话。

贫穷的贵族男子谢赫·米泽尔·库尔纳奇

奥斯曼帝国时期，巴格达有位贵族，名叫谢赫·米泽尔·库尔纳奇。他住在底格里斯河畔的一栋大房子里，但他的产业因奥斯曼帝国的掠夺和压迫而不断缩减，他的庄稼也因蝗灾和洪灾而毁于一旦，他也变得贫困潦倒。

他和自己的独生女住在一起，家里没有一个仆人或奴隶，也没有家具和银器，因为他变卖了家里所有的东西来换取食物。不过他不能动这房子，房子是祖先留下的，卖掉房子是可耻的。

他的独生女名叫努拉，已经十七岁了。至今还没人向她求婚，因为没有女仆谈及她的美貌，所以大家族和贵族家的男子从未听说过她。如果他们听过有关她的描述，肯定会夜不能寐：努拉的头发像晴朗冬夜里的阿拉伯河一样黑，水汪汪的眼睛像闪烁的星星，皮肤像第一缕玫瑰色晨曦照耀下的沙子，闪着金黄色的光，背影像

风中的芦苇一样娇柔，大腿和胸部像羽绒做成的被子一样柔软，吸引着疲倦的旅人。

一天，努拉去见父亲，对父亲说："亲爱的父亲啊，如今这般情况，我难道要一辈子做家里的厨师吗？我不能嫁入贵族，为人妇为人母吗？"谢赫·米泽尔听了女儿的话，心里悲痛不已。每到满月之夜，努拉就会爬上屋顶，对着月亮问：

"月亮啊，你明亮的月光照耀着少男少女，

请问我的爱人在哪里，他在哪里，

那位热烈爱着我的他究竟在哪里？"

月亮听了她的诉说，也因亏待了这样的美人而羞愧，躲到最近的云层后面。

一天，谢赫·米泽尔见女儿哭了，拉着她的手对她说："我的孩子，我们如今比和平之城最穷的乞丐还要不幸。如果我是一般人，我倒可以做店员、洗衣工，甚至搬运工或清洁工，这样就可以赚点钱。但我们家族的名字众所周知，出门工作是很丢脸的，大家都会知道我们很贫穷。如今这样，我想我们还是自杀好了，不过你先把最后一块金子拿上，去做一套配得上我们家族女人的衣裳，这样邻居来安葬我们时，会发现你依旧穿着得体，不致失了尊严。"

努拉听了父亲的话，眼泪夺眶而出，痛苦不已，但她还是披上面纱，接过父亲手中的金子，去了集市。她买了市面上最好的丝绸，还余下些钱，于是她走进一家大商铺，想用这最后一笔钱买点珠片来装饰裙摆，这样她死后见到她的人也会记得她。她来到商人贾西姆的商店购买珠片，贾西姆拿来许多罐子，里面装满颜色各异、璀璨夺目的珠片。她看一眼自己买的丝绸，又看看罐子里的珠片，想要选出与精致的丝绸搭配的亮片。正在比较颜色时，面纱从她的脸上滑落下来，但她挑选得太专注了，丝毫不知自己的美貌已经暴露。

商人贾西姆盯着她，目光就像豺狼盯着奄奄一息的羚羊，贾西姆显然不是善类，他一直渴望霸占美貌的女孩。贾西姆看着努拉的脸，又看看她的斗篷和面纱，心想："她的确很美貌，看上去也并不富有，不过还是得小心行事，首先得打听下她的地位，看看她是否有兄弟或父亲会为她的荣誉复仇。"贾西姆并不认识她，也不知道她从哪儿来，便想出一招诡计。努拉选好了珠片，贾西姆把称重后的珠片放进纸袋里，悄悄用小指在纸袋上戳了一个洞。所以当努拉付完钱拿走珠片后，洒落的珠片会在地上留下一道轨迹。难过的努拉并没有注意到这一点。

努拉离开商铺，回到家中。贾西姆就跟在她身后，为了防止被察觉，贾西姆跟得不算近，一路上都看不见她的背影，但他一点不担心失了方向，因为地上闪光的珠片实在太醒目了。就这样，贾西姆跟着她穿过巴格达狭窄弯曲的街道，走到了一扇镶有黄铜的大柚木门前。门虽然是关着的，但他知道她已经进去了，因为门阶上满是洒落的珠片，线索也就在这断了。贾西姆向住在这条街上的穷人打听住在这儿的是什么人。人们告诉他那是卡斯尔·库尔纳奇①，以前很富足，每天都要宰十只羊来施舍穷人，现在是老谢赫和他的独生女住在那儿，没有请仆人，没人能进去，也不见人出来。

贾西姆心想：库尔纳奇是个大家族，招惹这家的女孩实在不算明智之举，她的父亲知道了一定会杀了我。我还是想个更好的办法。要不娶她吧？这样，我不仅可以尽情欣赏她的美貌，还可以在咖啡馆向朋友们吹嘘自己的新婚妻子是位模范管家，又是库尔纳奇家族的人，朋友们知道了必会对我加以敬重，我的儿子也有了贵族血脉。如今谢赫落魄了，想必给他个好价钱，他便会同意我的求婚。

第二天，商人贾西姆又来到谢赫·米泽尔·库尔纳奇的家，敲了敲门，他还不太熟悉这种礼数②。谢赫·米泽尔是个阿拉伯人，他亲自开门，向客人表示欢迎，邀请他进屋。他对商人说："尊贵的客人，我为您的到访感到荣幸，但请原谅我这次招待不周，今天我刚好让所有

---

① 指库纳奇城堡。——译者注
② 在中东地区的一些地方，拜访需要事先预约，特别是拜访有权势地位的人家。——译者注

仆人都回自己家里休息一天，这里没人为您准备食物或咖啡，请原谅我的无礼。能否告知您的姓名，到这里所为何事？我怕您在这逗留太久会不舒服。”

贾西姆接下来的回答便有些粗鲁了："高贵的谢赫，我的名字是贾西姆·库维提，经营一家布匹商铺。至于为何来这，是听说您有位女儿，想来求婚，我愿意付十万里拉金币。"谢赫·米泽尔被商人的话惊呆了，脸色铁青："你找错地方了。你在找妓院吗？我知道你的名字，也听说过你，你爷爷是卖牛奶的，对吧？你认为孔雀愿意委身于秃鹫吗？看你就是坨驴粪，我不和你计较，否则你提出这么无礼的要求就别想活了。不过我还是得给你点教训，让你知道什么是尊敬。"

谢赫·米泽尔用铁链把贾西姆锁起来，用马鞭抽打他的头和耳朵，直到贾西姆被抽得鲜血淋淋，谢赫·米泽尔才心满意足得停手，将他丢到门外。努拉透过内院的窗户目睹了这一切，她很惊讶，心想：这人不就是我买珠片时碰见的那位商人吗？他是怎么知道我住在这儿的？努拉是位聪明的姑娘，她想起回来时那包半空的珠片，她再向门口望去，发现门阶上还散落有珠片，恍然大悟：这都是那贪心商人的诡计。

至于贾西姆，他从尘土飞扬的街道上爬起来，走回了自己的商铺，心里满是愤怒和复仇的欲望。他想：我该怎么毁了这老疯子？他连一对铜币都凑不齐，还敢这样对我？他打开放在商铺里的宝箱，数出一万里拉金币，包在上等的丝绸手帕里，离开商铺找到帕夏，行礼后对帕夏说道："尊敬的阁下，一直听说您治理英明，宽宏大量，仁慈好客。我到这儿给您献上薄礼一份，希望您不要嫌弃，收下它。"贾西姆把装满金币的手帕放在桌上，帕夏见送的金币不少，就叫贾西姆坐下，还为他点了咖啡。

经过一番交谈，贾西姆说道："帕夏阁下，有件事得提醒您，一位名叫谢赫·米泽尔·库尔纳奇的阿拉伯地主正在策划一场针对哈里发①的阴谋，他的儿女一定会因此遭受诅咒，他的食物必定会酸臭。"

帕夏听了贾西姆的话，招来手下吩咐说："你现在带兵去库尔纳奇城堡抓住他，把他带回监狱关起来。他对国家构成了威胁，一定要调查清楚他在谋划什么。"

努拉和父亲坐在家里，突然听到重重的马蹄声，而后便是阵阵巨大的敲门声。米泽尔打开门，询问士兵有何事，而努拉则躲在房子里，心想：千万不能让这群土耳其士兵发现我，否则我的清白就不保了。她看见土耳其士兵一把抓住父亲，用脚镣铐住他，带走了他。努拉知道这肯定是贾西姆干的。士兵带走父亲后，努拉哭得

---

① 哈里发，穆罕默德去世以后，伊斯兰国家政权元首的称谓，也是伊斯兰国家政治、宗教领袖。阿拉伯"继承"一词的音译，原意为"代治者""代理人"或"继承者"。——译者注

心都快碎了。

但她是一名真正的阿拉伯女孩，过了一会儿，她擦干眼泪，跑到装旧衣服的柜子前，拿了一套男仆的衣裳，那是过去的仆人留下的。她换好衣服，戴上头巾，拿起马鞭，离开了家，努拉知道如果自己还留在家中，肯定会落到贾西姆手中。但她没找到合适的男鞋，便赤着脚走到街头。她不知道该往哪里去，她心想：城里的人都太小气了，我得离开巴格达，去往大部落，到那儿再策划如何营救我的父亲。于是她踏上了前往巴士拉的道路，在尘土飞扬的路上走了好久好久，所有看到她的人都以为她是个男孩。

路上经过的人看见努拉都会和她打招呼，努拉也会回礼，就这样一直走到夕阳西下，她的脚早被崎岖的道路磨得鲜血淋淋。这时她看见前面有一个庞大的骑兵队伍，领头的是位年轻的酋长，他的脸像满月一般英俊，举止像剑刃一样高贵。他们经过努拉身边时，都向她行礼，年轻的酋长也看了努拉一眼，心想：这真是个漂亮的男孩。这位酋长就是亚喀布·里贾布，他行完礼后骑着马继续往前走，目光坚毅，像是在思索着重要的事。

又骑了快十分钟后，里贾布突然勒马，叫了一位部下一起脱离大部队。那名部下名叫阿博德·马特鲁德，他专门负责追踪别人，他能通过母马的足迹判断它怀孕了几周。里贾布对阿博德说："你观察下地面，告诉我十分钟前经过的那个男孩的信息。"阿博德回答说："噢，这太奇怪了，我刚才看见的确实是男孩，但他留下的痕迹分明是女孩的脚印，这不会是男孩的步伐，这个女孩应该很累了，她平时一定不习惯赤脚走路。"里贾布听后说："你和我想的一样，但一定要保守这个秘密。太阳快落山了，我们这些路上的旅客都得扎帐篷过夜，你现在去找那女孩，邀请她和我们一起，但不要告诉她我们已经知道她是女孩。"

当阿博德·马特鲁德去执行酋长的命令时，亚喀布·里贾布叫停了自己的部队，命令他们支起帐篷，准备晚餐。阿博德带着努拉回来了，酋长问她："噢，同行的人，请问你是谁，准备去往何处？"努拉回答说："我叫努拉，我并不知道自己该去哪里，我只是位可怜的仆人，我的主人被囚禁了，我只想寻求庇护。"当帐篷搭好后，酋长又追问努拉，直到她把整个故事讲给他听。努拉假装自己是谢赫·米泽尔·库尔纳奇的侍从，隐瞒了自己是他女儿的事情，她说："我不知道库尔纳奇美丽的女儿后来怎么样了。也许她为了避免被羞辱而投河自尽了。"酋长说："这事我有责任帮忙，我知道谢赫·米泽尔，我想我们之间还有血缘关系，是远亲，诗人不是也说：

"男有堂兄弟，
身上添双翼。

玫瑰与胡须：伊拉克民间故事

　　雄鹰无翅膀，

　　安能再飞起？"①

　　吃完晚餐，里贾布酋长给了努拉单独一间帐篷，他低声叮嘱阿博德·马特鲁德晚上要好好保护她。酋长坐在自己的帐篷里，手捻着珠串，心想：我该怎么对付那卖珠片的商人，把米泽尔从土耳其人手中解救出来呢？我又该如何赢得女孩的芳心呢？直到黎明，他终于有了大致的计划。天亮后，酋长下令收拾帐篷，出发前往巴格达。

　　清早，商人贾西姆像往常一样，起床后来到商铺。他叫来仆人和店员，问他们："你们找到那逃走的姑娘了吗？她是卖国贼米泽尔的女儿，你们是一整晚都在找吗？"他们回答说："主人，我们搜遍了巴格达都没找到她。不过，有件事想告诉您，这事说来有些吓人，昨晚您离开店铺后，有个人来了，他把脸藏在头巾里，口音有点像部落的人，他问我们：'这是商人贾西姆的店铺吗？他什么时候会来，什么时候会走？他住在哪儿，在哪儿吃饭，平时坐哪儿，睡哪儿？'"贾西姆对仆人的回答不太满意。

　　在店里忙了约一小时后，贾西姆离开了商铺，照旧

---

　　① 有人告诉我，这句话引自一位著名阿拉伯诗人写的诗歌，但遗憾的是，我没法把诗人的名字放在这里，没人记得诗人的名字。

去了咖啡馆和朋友们见面，聊了快半小时，他又起身返回自己的店铺，回去的时候他看见路上满是洒落的珠片，珠片的痕迹一直延伸至自己的店铺，他惊讶极了，手在口袋里摸了摸，心想：也许是我在口袋里放了一袋珠片，不小心漏出来留下了这道轨迹。然而他的口袋里空空如也。

正午时分，他离开店铺，回到家中，正坐下吃饭时，他的仆人跑进来说："主人，您的珠片洒了。"贾西姆走到家门口，看见他从店里走出来的路上洒满珠片。于是他吃饱喝足后，离开房子，心想：我得到河边去，那有一块空地，我倒要回头看看到底是谁一直跟着我在我身后洒珠片。

于是贾西姆往河边走去，边走边不停地朝身后瞄，却看不见任何人，他在棕榈树丛里绕了一大圈，也没看见任何人。但当他返回城镇时，发现自己走过的路上又洒满了珠片，他吓得他什么也顾不上了，立马飞奔回了城。

他一到家就吩咐仆人拿来一套女式衣裙，想着把自己扮成女人藏到兄弟家去，以躲避灾祸。他披上女士外套和面纱，别人都认不出他来。他偷偷从屋里溜出来，逃到住在巴格达另一端的兄弟家。他敲了敲门，要求见他哥哥。他的哥哥邀请他进门，在他哥哥的房间里贾西姆卸下了伪装，向哥哥透露了自己的情况。

当他正把自己的处境告诉哥哥时，有人敲门，仆人大声喊道："主人，告诉和你待在一起的老太太，她的珠片漏了，都洒到门阶上了。"贾西姆听到这话惊讶极了，他不知道一直跟踪自己的是阿博德·马特鲁德，而只有阿博德才能辨认人的脚印，任何伪装都骗不了他。贾西姆和他的哥哥跑出房间查看，发现仆人的话是真的，门阶上以及贾西姆走来的小路上都洒满了珠片。哥哥转身对贾西姆说："不要害怕，也不必畏惧死亡，你今晚就睡这儿，我会站在你身旁持剑保护你。"

到了晚上，贾西姆的哥哥吩咐所有仆人都武装起来，派他们看守好门窗，连一只老鼠都不得进出。贾西姆躺在哥哥的床上睡觉，哥哥拿着剑在他旁边站岗。这让贾西姆很安心，很快便入睡了。但第二天早晨醒来的时候，他的心脏都快被吓停了。床单上洒满了珠片，哥哥倒在血泊中一动不动，尸体上缀满了珠片。

贾西姆赶紧从床上跳起来，套上衣服，从屋子里跑出来，他发现昨夜所有站岗的仆人都倒在血泊之中，身上缀满了珠片。贾西姆从他哥哥的房子里跑出来，穿过城里的街道。贾西姆根本顾不上街上行人投来的惊异目光，他从哥哥家里一路穿过街道，拖着自己肥胖的身躯拼命跑回自己的商铺。

贾西姆跑到商铺时，发现门口聚集了一大群人，乱哄哄的。他气喘吁吁地挤进店铺，店员和学徒们见到他

便一把抓住他，喊道："你看！你走过的地方全是珠片。求求你把工钱给我们，让我们平平安安地离开吧，我们实在不能服侍一位受到诅咒的人啊。"说完他们领贾西姆进了商铺，整个店内都洒满了珠片，昨晚负责守夜的人死在血泊中，身上同样缀满了珠片，店内的桌子上还留有阿拉伯语写的一段话：

> 米泽尔死了，你便死了。
> 米泽尔获救，你便获救。

于是，贾西姆换回自己的衣服，离开商铺，来到帕夏家里，准备坦白一切："尊敬的帕夏，我到这儿来是想纠正我的错误，伸张正义。我已经知道自己犯了极其愚蠢和粗心的错误，是关于谢赫·米泽尔·库尔纳奇的，他没有在策动叛乱，相反，他一直在赞颂高贵的奥斯曼帝国，祈祷哈里发陛下福寿绵长，是我误解他了。希望您能展现您的仁慈，放过这位温和的老谢赫吧。"

帕夏听后皱了皱眉头，冷冷地说："这怎么可能呢？我们已经确定处决这个危险分子的日期，我也向我的上司甚至哈里发和苏丹报告过我们发现了这起阴谋。"

贾西姆回答说："这位高贵的老谢赫的确无辜。但有一位名叫米泽尔的布商参与了帕夏您发现的这起阴谋，他的商铺离我的很近，您只要逮捕了他就能伸张正义，这个消息千真万确。请原谅我先前的粗心大意，因为名字相似给弄错了，虽然阁下您还没提到对我的惩罚，但我深知自己的过失给您带来了麻烦，我一定惩罚我自己，我现在就去拿十万里拉金币，作为罚款交给您，以弥补给您带来的不便。"帕夏同意了贾西姆的建议，命令军官释放谢赫·米泽尔·库尔纳奇，将叛徒米泽尔绳之以法。

谢赫·米泽尔重获自由。他回到自己家中，女儿努拉已经在那儿等候着他。不过，此时努拉一点也高兴不起来，她发现自己已经爱上了亚喀布·里贾布，但她心里想的是：里贾布一直以为我是男孩子，肯定没想过要娶我，我一个女孩子又不能明说。但当她看到一位德高望重的赛义德①找到父亲，与父亲交谈时，她惊呆了。父亲与赛义德交谈完毕后，来到她身边，问道："你愿意嫁给高贵的亚喀布·里贾布吗？"努拉听了自然是答应了。但努拉很好奇：里贾布是如何知道她性别的？当晚，她爬上屋顶，向月亮倾诉：

"月亮啊，你明亮的月光照耀着少男少女，

我有爱人了，

他给予了我最强烈的爱。"

月亮微笑着，没有躲在云层背后。

---

① 伊斯兰教首领。——译者注

　　至于努拉和里贾布之后的幸福生活，我就不赘述了，没有亲眼看见他俩在一起，就无法明白我的话。若是问起商人贾西姆，告诉你吧，他现在很贫穷，因为土耳其人夺走了他许多金子，但他对年轻姑娘的欲望并没有减少，他娶了一位卖牛奶的波斯人的女儿，那是位像羚羊一样漂亮的姑娘，贾西姆为了娶她付了一大笔钱，然而姑娘当时还是哭着喊着，不愿意嫁给他这样一个胖老头。为了安慰她，姑娘的父亲给了她一些金子，让她去集市找裁缝做一件漂亮的结婚礼服。

　　女孩擦干眼泪，带着她的姐妹、姑姑和朋友去见裁缝，称想要一件从前所未有的结婚礼服。她们互相耳语、讨论。最后，女裁缝把她的想法悄悄告诉其中一个女孩，这个女孩又悄悄告诉另一个女孩。就这样，所有人都知道了。她们听到之后拍案叫绝："这主意好啊，这想法妙啊，这计划不错。"

　　婚宴结束当晚，贾西姆带着新娘进了卧室，他脱下了她的斗篷，看见新娘穿着一件闪闪发光的丝绸做的可爱礼服，颜色与她金色的皮肤很相衬，贾西姆见了很高兴。礼服很干净，没有任何装饰和褶边，更没有珠片，他把新娘放在床上，脱下她的礼服，里面还有一件阿塔克①和一条精致的丝绸长裤。待他试着脱裤子的时候，发

①　阿塔克（ataq）是一种女式短上衣。

现有一个很紧的结，怎么也解不开。

　　贾西姆太急切了，他一把抓住裤子，使劲一扯，腰带断了，一大包珠片崩开，空中洒下珠片雨，新娘可爱的皮肤上闪烁着珠片，床单上闪烁着珠片，甚至头发上都缀满珠片。原来聪明的裁缝在腰带上缠了几个珠片纸袋，把它们都缝在了女孩的腰绳上。然而，女孩不明白为什么贾西姆只穿着背心就从房间里跑了出来，嘴里还说着胡话。到了早晨，人们发现他赤裸地在街上徘徊，一边还发出狗叫声，于是他们用链子将他拴住，送去了疯人院。

骆驼达乌德的不幸

　　从前，摩苏尔有位阿拉伯人，名叫达乌德·苏莱曼。他是位虔诚的基督教徒，在市场上做金匠，摩苏尔城里所有女人都会到他的店里订购镶珍珠的金手镯，以及镶嵌稀世珠宝的金耳环和金项链。他的生意很好，妻子身材完美、容貌出众，达乌德一家过着富足安逸的生活。

　　有一天夜间祷告时，达乌德就坐在店里，他把金子和宝石藏在铁匣里，让店员关上百叶窗，准备迎接夜幕降临。这时，有位蒙着面纱的姑娘啜泣着走进店里，拿出一条镶珍珠的金项链，还有许多金戒指、金耳环和宝石，用夜莺般的声音对达乌德说："拿撒勒①人，请把我的首饰和宝石拿去，给我些钱吧，我着急用钱。"达乌德仔细检查了宝石，反复擦拭金子，称了称重量，直到他满意。

----

　　① 犹太人及穆斯林所说的基督教徒。——译者注

骆驼达乌德的不幸

他转身对姑娘说道："女士，这些珠宝价值肯定不低于五千里拉金币，但我现在没那么多钱，我通常只放珠宝在店里。明天一早你再来，我会收下你的珠宝，把钱给你。"姑娘听了这话便哭了，她说："店主，现在就把钱给我吧，否则我和我的爱人就全完了。"

达乌德问她发生了什么事，她回答说："善良的商人，我来自大家族，我家族的名字让人敬畏，我也一直被视为美德的典范。有一天我在街上遇见一位年轻人，他拥有羚羊般俊美的容貌，可突然，一阵邪恶顽皮的风撩开了我的面纱，我和他四目相对，这一瞬间的相遇仿佛两条溪流的汇集。我继续往前走，发现他一直在跟踪我，我就情不自禁地走到了城外的枣园。从那天起，我就常和我的爱人在那相会。但现在，因为一些肮脏的诽谤，我的父亲和兄弟知道了这件事，他们没有杀我，他们想知道我爱人的名字，好一同处死我俩。所以他们现在什么也没说，依然放我出门，然后偷偷跟着我，一旦发现我和我的爱人碰面，就会杀掉他。不过我半小时前施计甩掉了他们，求求您赶快给我钱，让我同爱人逃出城去。"

达乌德说："你想现在拿到钱，只有一个办法。和我一起去找货币兑换商，他认识我，会给我钱。这样我就可以把钱给你了。"

姑娘同意了达乌德的建议，同他一道出门去找货币兑换商。他们在街道转角处撞见两个男人，姑娘一见他们就尖叫起来，转身像羚羊一样飞快地逃跑了。对面的人喊道："那是妹妹和她的情人。"他们立马抓住达乌德，认出了他的脸："他是那个基督教徒金匠，我知道他叫什么，住在哪儿，还有他的商铺在哪儿。"达乌德被吓得全身发抖："我真是无辜的，我之前从未见过你妹妹，不认识她也没听过她的名字。"姑娘的一位兄弟用马鞭狠狠抽打达乌德，说："似乎那些即将死去的人会遇见天使，因为天使是上帝的使者，会奉命体面、耐心、愉悦地带走你的灵魂。所以金匠啊，不要再没骨气地求饶了，回家去，准备后事吧，与唯一的上帝和睦相处。而且，如果这是上帝的旨意，明天晨祷之时，你期待已久的上帝会来到你身边。他会在命定时辰来到每个人面前，懦夫不能逃避他，勇士也不能逃避他。而我们，我们知道你的房子，知道你的商店，那时我们会在你旁边。"

达乌德回到家里，双手止不住地发抖，眼泪也止不住地往外涌，他拥抱了自己的妻子，给她讲了事情的来龙去脉。妻子听了也禁不住与他抱头痛哭，他们在哀悼和悲伤中度过了一小时，直到两人哭得筋疲力尽才停下来。妻子对达乌德说："我的爱人，你现在得去别的城市，只有这样才能保全你的性命。现在正是夏天①，不是

---

① 车队行进的时间随季节而变化，冬天白天行进，夜间休息，夏天白天休息或者前进，晚上经过短暂休息后，会在午夜左右继续前行，人们通过星星来判断方向，一直行进到第二天白天。——译者注

有商队会在夜晚第六个小时①出发吗？你把所有黄金、珠宝包在手帕里，赶紧逃走吧。"

于是，达乌德用手帕包好黄金、珠宝，用头巾遮住脸，披上斗篷，离开家，加入了商队，去往目的地巴格达。

商队走了两天，经过杰齐拉沙马尔②部落的领地时，遇上一队贝都因人。一群突击兵骑上马和精壮的骆驼，他们朝商队大喊："你们是谁，从哪儿来，朝哪儿去，有谁的许可吗？"守卫商队的土耳其官兵回了话："我们奉政府命令而来，快让开！让开！"贝都因人并不理会，喊道："奥斯曼帝国算是政府吗？这儿的政府只有一个，就是我们，我们在此设了关口，商队想通过就得交税，至于士兵，我们必须解除他们的武装，不得通过，只能步行返回。"

商队里的土耳其军官见部落人数众多，装备精良，便命令士兵把武器丢到地上，下马步行回摩苏尔。

部落的人又朝商队喊道："商人们，把装在骆驼上的货物卸下来，打开让我们检查下货物，好查收税款。"商人们只得照办。达乌德站在一堆铜器旁边，瞅见一只铜

---

① 阿拉伯时间，即午夜时分。——译者注

② 底格里斯河以西，即底格里斯河与幼发拉底河之间的那片摩苏尔省区域，人们叫作杰齐拉（Jezira），即岛屿。该地区的沙马尔是由已故谢赫·阿吉尔·亚瓦尔领导的著名部落。——译者注

水壶，壶口很窄，手伸不进去，壶嘴又长又直，看样子是清洗厕所用的。达乌德心想：我为什么不把珠宝放进这水壶里呢？贝都因人难道还用这些水壶吗？他们绝不会对这类货物征税。

达乌德背着众人悄悄将自己的黄金、珠宝顺着壶嘴滑进壶里。贝都因人走近检查货物，告诉商人们："因为你们事先并没有告知行程，这次的货物我们拿走一半，之后怎么收税可以再商量。"说完他们挑走了自己心仪的商品：丝绸、亚麻布、摩苏尔布、地毯、糖、烟草、钟表、马鞍、毯子、杏仁、蜂蜜、线、针、奶酪和木炭。他们甚至还拿走了一把伞。可他们对水壶一点兴趣都没有，他们笑着说："这些商品可以免税通过。"

他们中间还有人负责搜身，取走商人们的钱袋，打开钱袋，说："这些金币上有奥斯曼帝国的记号，不能在我国流通，得没收。"可他们到了达乌德这儿什么也没搜到，就问他："你的货物在哪儿，财宝在哪儿？"达乌德回答说："我不是富商。只是个可怜的铜匠，挣的钱刚好糊口，我这次是去巴格达探望生病的母亲，不是为了做买卖。"他们听了，将达乌德引到一边："铜匠啊，你留下来和我们待在一起，我们会为你提供足够的食物，至于你的母亲，真主自会保佑。"

贝都因人搜完商队后，就放其他人走了，单留下达乌德，达乌德只好眼睁睁看着那车铜水壶带走他的黄金、珠宝。达乌德和贝都因人一起住了好几周，帮着驮骆驼，卸骆驼，抬帐篷，搬重物，还要收拾盘子和锅。行军时，他只能和羊同行，不能骑马。每到傍晚，他们就看着达乌德感慨："如果你是位富商，交完税就可以去巴格达了，但可惜你只是个穷铜匠，不得不留下来劳作，愿真主早日治愈你生病的母亲。"一天晚上，在炎炎烈日下劳动一天之后，达乌德终于支撑不住了，他扑在酋长的脚边哭着说："仁慈的酋长，我欺骗了您，求您惩罚我，我其实很富有，有很多黄金、珠宝，我都藏在驼队的一个铜水壶里，现在驼队已经走了好几周，我可能再也找不回自己的财宝了。"酋长听了达乌德的话嗤之以鼻："拿撒勒人啊，你的运气太差了，想在和平城里找到一个水壶可比在沙漠里找到一枚钱币还难。不过我还是允许你离开去找你的水壶，一旦找到就去我们部落在巴格达的代理处补交税款。"随后酋长给了达乌德五里拉金币和一匹骏马，让他走了。

达乌德骑马离开了部落，在路上走了多日，终于到了巴格达，进城住在朋友家，朋友和他一样，也是来自摩苏尔的基督徒。他把马卖了个好价钱，第二天早晨，就到了铜器市场，心里念叨着：我一定要小心，不能暴露我的目的，否则大家都会去找那铜水壶，如果被别人先找到，那我的财宝可真是再也回不来了。

达乌德在集市上闲逛，却一直没找到那车水壶的主人。日子一天天过去，达乌德每天都到市场闲逛，但始终没找到他最想见的那张脸。正当他坐在咖啡馆里几近绝望时，一个人走过来和他行礼："你不是被部落抢劫的商队里的人吗？你不是被他们带走了吗？"达乌德抬头一看，发现说话者正是那车水壶的主人，达乌德赶紧请他坐下，点了茶。

两人寒暄了一会，达乌德问商人："你那车水壶还在吗？我想买下来，我的生意不好做，想试着挨家挨户兜售水壶赚点钱。"商人回答说："我摆了个摊，把那些水壶全部亏本卖掉了，因为我当时也没钱吃住了。"达乌德赶紧追问："能告诉我买主是谁吗？我感觉自己的命运已经与那些水壶纠缠在一起了。""谁还会记得买水壶的人。这些水壶又不是赊账买的，也不会有女人因为这笔买卖和你讨价还价。"

达乌德听后离开咖啡馆，心里悲痛万分。他在巴格达的街道上徘徊，心想：我该怎么找回我的财宝呢？这些水壶手伸不进去，也不需要清洗，一般只在厕所里使用，不适合在其他地方使用，因为它们并没有那种弧形的喷口，不能用于饭后洗手。所以买主肯定不会清洗水壶，只会把它放在厕所里，装满水，而我先前用来包裹的手帕会防止黄金、珠宝叮当作响，肯定还没人发现水壶里面藏着什么。我为什么不挨家挨户去找？把每家厕所里的水壶倒空，用棍子拨弄一下就可以知道里面是否有金子。

于是，达乌德回到市场买了一盘针，拿在手里，回到街上敲每家的门，吆喝要卖针。门打开后，他就对开门的仆人说："请允许我使用一下厕所，我有些肚子痛。"他悄悄把每家厕所里的水壶倒空，用棍子试探下有没有金子，但并没有找到，他就这样挨家挨户地试，一天试了四十户人家。

在街上玩耍的小男孩们开始讨论他："有个卖针的进了我家，还要用我家的厕所。"又过了几个月，孩子们都意识到了达乌德的行为，就说："这个卖针的基督徒会借用每家的厕所，还把厕所里的水壶都倒空了。到每一家都是这样，不是吗？难道他的肚子永远都在痛吗？"还有人说："也许他是头骆驼，骆驼就喜欢把自己的粪便拉得到处都是。"

所以当达乌德走在街上时，孩子们都会追在他身后喊：

"骆驼达乌德，骆驼达乌德，
你今天又要把粪便拉在哪儿呢？"

达乌德羞得脸色发黑，他不再去探访人家的厕所，只是在朋友的住处悲哀地坐着，白天也不敢出去，免得孩子们追着他唱诗。但他转念又想：我已经走了这么多人家，每多走一家，我找到金子的概率就会提高，如果我走得只剩下一户人家，那金子就肯定在那户人家家中，我怎么能半途而废呢？也许到下一家我就能找到金子。因此，我必须继续这项工作，但孩子们太干扰我白天的行动了，我得晚上悄悄去检查每家的水壶。

那天晚上，月亮高悬夜空，整个城市都在沉睡之际，达乌德从住处走出来，来到附近一个还没探访过的房子，他爬上高墙，走进院子，找到那家的厕所。正当他点完灯准备把水壶里的水倒出来时，那家的女主人半夜突然肚子疼来到了厕所，她打开门看见里面有个男人，他手里还拿着水壶，就吓得放声尖叫，尖叫声在巴格达的远郊都能听见，甚至吵醒了城外的农民、渔民。

主人和他的儿子们、仆人们立马拿上武器，冲到院子里，围住厕所里的达乌德，喊着抓贼。有位仆人看了眼达乌德，又看看他的衣服和鞋子，说："主人，他不是贼，贼会穿这种鞋吗？我看他穿得挺像个商人的。"主人见达乌德确实不像贼，更生气了："我知道你是干什么的了，你知道我有很多美丽的女儿，就故意藏在厕所里想偷走她们。你再这样做，我一定对你不客气。"主人拔出剑来，狠狠地刺向达乌德的胸口，一瞬间达乌德感觉自己快死了。

家中最小的儿子——一位十四岁左右的少年，看着达乌德对父亲说："父亲啊，你冤枉他了，他的目的不在于此，他是骆驼达乌德，喜欢往别人家的厕所跑。"主人说："噢，我听说过这件事，他大概是疯了，疯子才会没事往别人家厕所跑。伤害一个疯子是邪恶的，不过刚才那一击也收不回来了。"

主人吩咐仆人拿来担架，让他们把达乌德抬回他的住处去。他的朋友叫来一位医生，为他清洗伤口。但医生却说达乌德命不久矣。朋友开始为他念《圣经》祷告。天使就快来了。达乌德躺在床上，浑身又热又痛，翻来覆去地呻吟，他嘴里不停念着："水壶，水壶，我一定要找到水壶。"他的朋友听了他的话很疑惑，议论着："人在临终时，一般会呼唤妻子、儿子和亲人来，他为什么一直念着水壶？"有人说他疯了。但朋友的妻子对儿子说道："临终的话是有意义和智慧的话，应该受到重视。去厕所把我不久前买的水壶倒空并拿过来。"

朋友的儿子听了母亲的话，去厕所把水壶里的水倒掉，拿来水壶对他们说："这是达乌德每天早晨都要用到的水壶。"朋友像对婴儿摇玩具一样对达乌德晃动着水壶，说："你看这水壶多漂亮啊。"摇着摇着，大家听见里面有闷响，他们拿来棍子戳进去，发现水壶里面藏着东西，就拿铁丝和鱼钩把那又湿又重的东西拖了出来，是捆用手帕包裹好的黄金、珠宝，但当他们转头准备告诉达乌德这件事时，达乌德已经闭上了眼睛。

真与假之间有四根指头

奥斯曼帝国时代，巴士拉有位富商。商人名叫马哈麦德，他极其富有，拥有的财富超过巴士拉所有商人。他的妻子像羚羊一样优雅，温柔的眼睛如沙漠中的泉水，娇嫩的皮肤如玫瑰花瓣，纤细的腰肢如树苗，她的美德为人所称赞，她的一生都得有爱人相伴，否则便会死去。因为她在夜间出生，所以被唤作莱拉①，她当时十七岁了。

尽管富商马哈麦德有许多令人心生愉悦的东西，但他并不快乐。那些商人和银行家并不是他的朋友，他是个疑心很重的守财奴。依照他的习惯，每完成一笔大交易，他就会带上一袋土耳其黄金去银行，说："这儿有两千里拉金币，我要换成印度卢比或者波斯托曼。"银行家总是一手接过袋子，一手把换好的卢比递给马哈麦德，说："拿走这两万五千卢比。"银行家从不会打开袋子清

---

① 莱拉(Leila)，意指"夜"，是伊拉克南部流行的一个女孩名字。

点里拉金币，这不是正人君子的习惯。可马哈麦德每次都会一一清点换取的卢比，每个硬币都咬一口，看是否货真价实。人们都聚集起来看他数钱，人们说："看看马哈麦德是怎么数钱的，这儿的银行家一定是个骗子，否则他不会这么做。"

银行家们对马哈麦德的行为感到很生气，他们说："我们在这集市上都多少年了，你还不信任我们，难道我们都是小偷吗？"马哈麦德只回答说："俗话说，真与假之间有四根指头，你若将右手放在脸上，就会发现耳与眼的距离只有四根指头那么宽，你用耳所听见的也许是假的，你用眼所看见的才一定是真的，所以我必须得一一验过这些卢比。"

其中一位名叫达乌德的拿撒勒银行家被马哈麦德的举止激怒了，他对市场上的朋友们说："马哈茂德不是穆斯林，也不是我们这样的基督徒，基督徒不会这么做，在这个世界上，只有上帝这一个信仰，什么耳听什么眼见都是假的。我们做生意，必须得相信对方的话，冒上一定风险，倘若所有人每次都花上好几个小时数钱，那么一天的工作得花一年的时间才能完成。我们得给马哈麦德点教训。如果他能从警告中受益，那就给他一个警告；如果他能听进去提醒，那就提醒他：除了他是由唯一的上帝创造的凡人之外，没有什么事是确定的，没有什么事是已知的。"银行家们都同意达乌德的提议："他确实该被教训一下了。"

第二天，马哈麦德来到集市，走到达乌德的商店，对他说："这是一万里拉金币，给我换成阿拉伯银币。"达乌德没有数钱就直接收下了袋子，又拿了四大袋银币，交给马哈麦德，告诉他每袋都装有一万枚阿拉伯银币。

马哈麦德打开其中一个袋子，把每枚银币都放在嘴里咬一咬，在石头上敲打，验明是真的，再十个堆成一摞，方便计数。达乌德看到马哈麦德数了一个小时都还没数完第一个袋子。达乌德说："你说的话有道理，真与假之间有四根指头，眼见为实。然而，我认为这句话还是有些纰漏。有件事虽然你没有亲眼所见，但是你的荣誉使你相信它。"

马哈麦德回答说："除非亲眼所见，否则我什么都不相信，我会数换的每一枚金币，会测量买的每一码布，会称放入仓库的每一袋玉米、糖、米和大麦的重量。我夜间也会看守仓房，我可不信看守人说自己不会打盹的鬼话。"达乌德问："那你如何得知你的妻子莱拉是个品行端正的贤惠妻子呢？"马哈麦德听了很生气，说："你是在怀疑我家族的荣誉吗？你敢怀疑我的名誉，我要你的命。莱拉的名字在巴士拉可是美德的同义词。"但达乌德接着说："可她现在并不在你眼前，你怎么知道她现在没有和某个淫荡的家伙在一起呢？"

马哈麦德想了想说："她虽然的确品德高尚，但有没有什么法子可以考验她？验过了才放心，这是我的习惯。如何才能考验一个女人的品德呢？她并不像一袋能数的硬币，或者一卷能量的布呀。"达乌德回答说："我有办法。"

马哈麦德很感兴趣："那么请告诉我，我该如何做？"

达乌德说："你写信给妻子，说自己被召往科威特出差，要在那里过两星期。我的店员会帮你把信交给你的妻子。你到集市上的服装店去，乔装打扮一番再回到这儿，我再告诉你该如何考验你的妻子。"马哈麦德写了信，离开达乌德的商店，到服装店去了。

马哈麦德走后，达乌德把信交给了店员，说："把这封信交给莱拉，等你从她家回来的时候，帮我从她窗前的树上摘下一颗甜莱姆①。注意不要让任何人看见你拿着它，偷偷给我就好。"店员离开，去执行主人的命令。拿撒勒人达乌德来到集市尽头的布商那里，对他说："十天前，莱拉夫人到你店里来买过红绸对吧？虽然她戴着面纱，谁能看错她优雅的步伐呢？我看见她拿着红绸走回去了。"布商回答说："她的确来过，我卖给了她二十米，她很喜欢。"达乌德说："把那块布给我一点，我要

---

① 甜莱姆（sweet lime），属于柑橘类家族，由柠檬、柑橘、柚子等水果杂交而成。——译者注

拿给我妻子看，因为她缠着我要礼物，我想着给她买一些这种布。但是我得先拿给她看，获得她批准，未经女人允许就给她买布，就如同给饥饿的母老虎喂葡萄。"于是布商从这卷布上剪下一小段，交给了基督徒达乌德。

达乌德从布商那里回到自己的商铺，他的店员也从马哈麦德家回来了。达乌德从店员那儿拿走甜莱姆，走进了店后的屋子里，抓住母猫，拔了猫的一根胡须，然后拿了一颗珍珠，把它包在那块红布里。达乌德把所有东西用一块手帕裹住，把手帕留在家里。

过了一会儿，马哈麦德从服装店回来了。达乌德很惊讶，因为马哈麦德穿的是一件波斯人的衣服，谁也认不出他。马哈麦德坐在达乌德的店里，问他："现在我该怎么做才能考验我的妻子呢？"达乌德回答说："你现在用爱的语言给她捎个口信。"马哈麦德问："这是什么语言，我该如何捎信？"达乌德问："你这爱人也太不合格了。"达乌德叫店员来，吩咐他拿来一朵玫瑰、一个盛纯净水的水晶杯、一只蛾子、一瓶酒和一条丝巾。

半小时后，店员带着这些东西回来，把它们放在主人面前。达乌德接着从他的宝库里拿出一个波斯土曼银币，把银币和其他物品都放在桌上，转向马哈麦德说："你知道吗？信号就在这些物品里，是用爱的语言写成的，阿拉伯人、土耳其人、印度教徒、法兰克人和中国人都说这种语言，爱人和世界各国的女人们都能听懂这种语言。这些物品就表示：你像玫瑰花瓣一样娇嫩可爱。我渴慕你，如羚羊渴慕河水；我被你吸引，如飞蛾被蜡烛吸引。你使我的心快活，正如酒使我的心快活。我是一个陌生的波斯人。"

达乌德用丝质手帕把这些东西包起来，说："我现在要把这包裹交给一个谨慎的女仆，让她把它交给你的妻子。我们等着答复就行。"马哈麦德说："就这样吧，让我好知道实情。"达乌德拿着包裹进了自己的屋子，却没有把它交给女仆，而是把它锁在一个柜子里，转身回店里和大家聊天。

过了两小时，达乌德说："我去看看女仆回来没有。"他随后进了自己的屋子，从房间里拿出之前那个装了猫的胡须、甜莱姆、一小块布和珍珠的手帕，他回到店里，把包裹递给马哈麦德，说："这是回信。"

马哈麦德打开包裹，大吃一惊，问："这些东西是什么意思？这甜莱姆像是我家窗外树上的。这块布是我妻子衬裤的布料。这胡须又是什么？"达乌德看了看物品，说："让我来解释这个信息，因为你不懂这门语言。这是猫的胡须，它的意思是说像猫一样在夜里偷偷地来；树上的甜莱姆意味着爬上树来到我的窗前；至于这块布，是包起来的，里面有东西，"达乌德打开那块布，接着说，"可能这个意思就是，脱下我的衬裤，就会发现一颗珍珠。"

马哈麦德气得脸色发黑，他把手放在匕首上，大喊："我要去杀了她，洗清我的名誉。"达乌德说："等等，你必须亲眼看到你妻子品行不端，否则你就不能相信。你现在穿成波斯人的样子，她认不出你。你可以晚上去见你的妻子，爬进她的窗户，如果你能脱下她的衬裤，她不尖叫着吵醒仆人，你就知道她品德败坏了。"马哈麦德说："我在这封信中看到的还不够吗？"但达乌德劝他，说："也许她是想骗一个淫荡的家伙，给他一个教训，你必须在杀你妻子前确定这一点。"

马哈麦德控制住自己，坐在那里等待夜幕降临，至于拿撒勒人达乌德，他溜走了，把所有的事告诉了其他银行家，他们都笑得喘不过气来，他们问达乌德："今晚在马哈麦德家会发生什么？"达乌德回答说："他会爬上甜莱姆树，进到自家的窗户里去，但是在他脱下妻子的衬裤前，他的妻子会尖叫，这会引来仆人，仆人会以为是陌生人闯进来，把马哈麦德暴打一顿，这是他应得的教训。他之后没法把这谎圆上，只能告诉妻子实情，她必定大为恼怒，每次争吵都会提起这件事。"银行家们都说："达乌德，你确实为我们的商业伙伴准备了一堂好课。"

商人马哈麦德坐在商店里，不耐烦地咬着手指甲，直到太阳落山，月亮升起，镇上的人关上门，上床睡觉。

当镇上静悄悄的时候，他握着匕首，大步走向自己

的房子，心想：现在我的眼睛将见证真相。他来到家里，四处都很安静。于是他爬上那棵甜莱姆树，朝他妻子房间的阳台爬去。他体型又庞大又笨重，他从孩提时代起就没再爬过树。他气喘吁吁，伸出右手抓住上方的阳台，但再没有多的力气站起来，他双脚踩着下面的树枝往上爬，用力太猛，树枝断了。他挂在空中，只剩右手的四根手指抓着阳台。

他的妻子莱拉听到树枝断裂的声音便跑出来看。然而，她并不是那种一受到惊吓就尖叫晕倒的女人，她是个真正的阿拉伯人，出来时她手里拿着一把弯刀，当她见到一个男人用手指抓着阳台时，立马挥刀砍去，一刀砍断了那四根手指，马哈麦德痛得倒在地上。莱拉叫来仆人，他们拿着棍子对着地上的人一阵乱打，马哈麦德只能扯下胡须露出真面目。莱拉给马哈麦德的手指缠上绷带，问他为何乔装打扮。因为他不懂爱的艺术，所以他告诉了妻子真相，妻子说了一些轻蔑挖苦的话。

第二天早晨，马哈麦德到集市去换钱，商人们见他右手缠着绷带，没了手指。当马哈麦德从银行家手中接过几袋钱时，他既没有打开，也没有数钱。他们问他失去手指的事，他没有作答。过了几年，每当马哈麦德争论或质疑巴士拉人时，在场的人都会说："真与假之间有四根指头。"马哈麦德听了都会默默走开。

阿卜杜勒·雷赫曼·阿布·苏丹
与死者之舌

你们男人对伊拉克了解多少？第一次德国战争[①]前，我岁数已经不小了，我了解这个国家和它的历史。尽管你们都说哈马尔湖里没有怪物，但我在三十年前确实见到过，这怪物长得像个女人，会向男人招手，诱他进入湖中。它每十二年就要吃掉一个男人。我有天晚上就见那怪物朝湖边招手，但我没有上钩，我知道这段历史，知道男人晚上出门必须带上指南针，而你们却一无所知。你们就像阿卜杜勒·雷赫曼·阿布·苏丹一样，他一心只想着钱，对其他的事一概不知，不听从警告，不听从劝诫，甚至愚蠢到试图抢死人的东西。他不听人们所说的人类不得干预魔法和奇异之事，即人类不可打扰生活在另一个世界的人们，也不可打扰那些等候末日的人们。

[①] 应指第一次世界大战。——译者注

阿卜杜勒·雷赫曼·阿布·苏丹是巴士拉的木匠，同妻子和儿子住在自家的房子里，但他生活得并不快乐，因为他收入微薄，房子是用草席盖的，每天吃的只有枣和面包。一到冬天下雨，阿卜杜勒·雷赫曼家里的东西都会被淋透，甚至连床上的毯子都湿了，草席根本抵挡不住寒风和暴雨，他感到无比悲惨绝望，跑去咖啡馆取暖，在那儿遇见了他的朋友们。阿卜杜勒·雷赫曼谈起自己的情况，问大家："我怎么才能有钱买房子住，买羊吃，买衣服给妻子穿呢？"众人回答他："我们如果有办法还会坐在这儿吗？一个男人必须工作挣钱，满足生活需要。男人在这个世界上的命运就是他必须工作，否则只能一贫如洗。我们得努力奋斗，财富才会在真主的旨意下到来。"有位坐在咖啡馆里的人说："有一种致富的方法，能给你带来数不尽的黄金珍宝和足以让你成为世界之王的学识，而获得这一切只需一天。"阿卜杜勒·雷赫曼问道："既然你知道这方法，为什么还要辛苦工作？"那人说："我的确知道，但我不喜欢那样做，因为那就是抢劫死人。"在场的人都举手说："我们确实不能做这种事。"但阿卜杜勒·雷赫曼说："如果你知道死人的黄金在哪，告诉我，我想得到它，死者又不需要黄金。"

那人回答说："我在被毁的乌姆伽耶古城周围徘徊，走到城市西边的沙漠时，我累了，便坐在土堆旁休息，想抽根烟，于是从口袋里掏出装着烟纸和烟草的盒子。可盒子很紧，怎么也打不开，用力一掰，里面放着的银色硬币滚到地上，一直顺着陡坡滚进了一个洞里。我身上也没别的钱，只好去追那硬币，那洞大得足以让我进去，可我不愿意这样做，因为里面又暗又黑。不过我并不缺乏勇气，想到没钱吃晚饭，还是进了洞，我划了根火柴，借着光找到了钱，还发现一条延伸进洞里的路。我捡起硬币，想看看那条路往哪儿去，就又点着一根火柴，顺着那条路走下去，走了很久很久，来到了一扇大门前，门上镶着铁和铜，有阿拉伯语写着：寻索之人亲吻这扇门，便可进入。虽然在我想来，合法和诚实的事情不会隐匿在阳光之下，藏在黑暗的洞穴里，但我不甘心没有打开那扇门就转身。我先用手试了试，门没开，也找不到任何钥匙孔，于是我把嘴唇放在那扇门上，吻完，门向后移动，开了，房间里的每一面墙上都挂着骷髅，地上铺着死人的尸骨，房间里堆着无数的黄金珠宝和稀有宝石，有位丰满的妇人坐在财宝上面，她唇色鲜红，身上没有一丝遮掩。我问她：'你是谁，在这恶地方做什么？'她回答：'我必使你富足，胜过所罗门王。我必赐你万斤黄金，赐你数万珍宝，又赐你无尽学识，使你成为世界的主人。但我所求，是将我拥在怀里，亲吻我的嘴唇，还要说：我接受你的嘴唇，接受你的身体，接受你的舌头。然后你把舌头伸进我的嘴里，我把舌头伸进你的嘴里。那时，我将向你展示知识和财富的奇迹。'我对她说：'要我这样做，你要先叫我知道你是善是恶。'她回答道：'我不能说。'于是我就知道她是邪恶的，我转身离开，一路逃回外面的世界，只有在阳光照射下，恶才无所遁形。"

阿卜杜勒·雷赫曼听了这位朋友的话，说："你缺乏勇气和进取心，如果一个男人真正勇敢，他在任何邪恶之地都无所畏惧，如果我看见这个洞穴，我就想办法把她从那堆金子上移开。在离开时，我会带着她所有的财宝，因为我无所畏惧。"那些咖啡馆里的人捡起地上的斗篷，说："只有真主才有力量，我们投靠真主，避开那邪恶之人，他要插手此事。"阿卜杜勒·雷赫曼的朋友说："如果你不听智慧之言，嘲笑那些听从警告、戒除邪恶的人，那么我会带你去这个洞穴的入口，但我不会陪你，也不会帮助你，你也不能再进我的房子，我不会再和你一起坐在咖啡馆里，因为你的同伴那时必是夜间在坟墓旁挖坑的豺狼和鬣狗。"

但是阿卜杜勒·雷赫曼此刻又冷又饿，说："你带我去那个地方吧。"

第二天早晨，阿卜杜勒·雷赫曼和他的朋友骑着骆驼离开巴士拉，他们的目的地是乌姆伽耶古城。走到第三天傍晚，他们终于看见了山峦。阿卜杜勒·雷赫曼对朋友说："快引我去洞口。"朋友回答："快入夜了，你确定现在就进去吗？"阿卜杜勒·雷赫曼说："我不怕。"于是，他在朋友的带领下，走到了那片西部沙漠，朋友用手指了不远处的洞口，说："从这里进去，前面有不可思议的事情等着你。我就不跟着你了，今晚我就回巴士拉，今后不会再同你见面，不会跟你讲话，也不会再看你的脸。"朋友转身骑上骆驼离开了，阿卜杜勒·雷赫曼孤身一人，没有任何人在他身边，他周围只有死者的居所和沙漠里凶残的野兽。

阿卜杜勒·雷赫曼进了山洞，顺着通道往里走，里面又冷又潮湿，有一股黏糊糊的味道，还有死人的味道。阿卜杜勒·雷赫曼心里开始打鼓：我为何如此渴望财富、金钱和权力，一个人哪怕拥有世上所有的财富，他的胃也只能容纳一个人的食物，又不能吃更多，他也不能爱无数个女孩。劳动一天后回家，哪怕是便宜的食物，我也觉得味道很好。城里最有钱的商人吃鹌鹑和鸭子时会比我吃面包和枣子时更快乐吗？有人会比我和我妻子在一起更幸福吗，如果没有爱，男人能在女人身上得到什么快乐呢？的确，肚子又大又肥的有钱人并不比我快乐。大家都是一样的，最后都要经历生老病死，死后都会被地下的虫子噬噬，这样看来财富和权力有什么用呢？阿卜杜勒·雷赫曼想要放弃，但转念一想：我在咖啡馆里说的那些话都被人记住了，人们会对我说：你嘲笑我们，夸耀自己的勇气，但是你比我们还不如，我们至少知道自己只是凡人，在邪恶和禁忌之物面前缩回了手。

阿卜杜勒·雷赫曼继续往地下走，最后来到那扇大门前，尽管他的手在颤抖，他因恐惧而干呕，他还是把嘴唇贴在门上说："开门。"门开了，他看见屋子里闪着绿光，房间里的每一面墙上都挂着骷髅，地上铺着死人的尸骨，房间里堆着无数的黄金珠宝和稀有宝石，有位丰满的妇人坐在上面，唇色鲜红，身上一丝不挂。阿卜杜勒·雷赫曼问她："你是谁，你在这里做什么?"她回答说："我必使你富足，胜过所罗门王。我必赐你万斤黄金，赐你数万珍宝，又赐你无尽学识，使你成为世界的主人。但我所求，是将我拥在怀里，亲吻我的嘴唇，还要说：我接受你的嘴唇，接受你的身体，接受你的舌头。然后你把舌头伸进我的嘴里，我把舌头伸进你的嘴里。那时，我将向你展示知识和财富的奇迹。"

阿卜杜勒·雷赫曼害怕得要晕倒了，他觉得自己应该转头就走，但他又想：我的朋友们会嘲笑我。于是他把女人抱在怀里，吻了她，然后说："我接受你的嘴唇，接受你的身体，接受你的舌头。"他把嘴唇贴在她的嘴唇上，舌头探进她的嘴里，他发现自己的舌头被一股巨大的力量吸进她的嘴里，他吓得浑身发抖，试图逃走，离开那个女人，但他的四肢没了力气，无法从那个女人身上挣脱出来。阿卜杜勒·雷赫曼的舌头被连根拔出，完全消失在那女人的嘴里，他嘴里涌出一股鲜血。女人又将嘴唇贴在他的嘴唇上，探进她自己的舌头，他被吓得发抖，下探的舌头如同死蛇的皮，而他什么也阻止不了。她的舌头伸进了他的嘴，他无法阻止，他的嘴唇也无法阻止。只有当她的舌头完全伸进他的嘴时，他才能够移动和逃脱，因为此时肉从她骨头上掉了下来，她的眼睛也掉出来，她摔倒在地，变成了一具枯骨。但她的舌头放在他嘴里，冰冷而可怕，他的手指无法把它拔出。他试图说出躲避和消除邪恶的圣言，但他说不出来，因为舌头不是他的舌头。然后舌头开始说话，尽管这些话从他嘴里说出来，但直到耳朵听见他才知道，因为那不是他说的。舌头说："你要知道我是死人的舌头，我会信守诺言，给你很多黄金，让你带都带不动；给你很多稀有珠宝，让你数都数不清；给你许多知识，让你成为世界之主；但在其他事上，你必须听我的。我说往左，你就往左；我说往右，你就往右。你虽能主宰世界，但我是你的主人。"阿卜杜勒·雷赫曼嘴里没有发出啜泣声，眼泪却夺眶而出。

舌头命令他朝巴士拉进发，他离开了地下的房间，从地下走出来，整个世界早已陷入黑夜。他找到了骆驼，在路上骑了三天，吃了枣和奶酪，但他品尝不出食物的味道，只能饱腹。第三天晚上，他回到了巴士拉，朝自己家走去。当他经过咖啡馆时，人们对他说："阿卜杜勒·雷赫曼回来了。"有位男人冲他大声嘲笑:"阿卜杜勒·雷赫曼,你的金子在哪里?"舌头回答道:"你居然嘲笑我,我们还要嘲笑你呢。有人昨晚和你的妻子睡在一起呢。你家的大床不是靠墙吗,墙是不是用红色灰泥涂的?你看看身边朋友的左臂和左肩,看看有没有蹭上的灰泥。"那人看了看,确实如此,就拔刀砍向了自己的朋友。另一个人也拔了刀,人们还没来得及制止,两个人就都躺在地上了,一个肚子被撕开,另一个喉咙被割开,生命的鲜血正在流失。舌头对阿卜杜勒·雷赫曼说:"有人敢嘲笑世界之主吗?"但是阿卜杜勒·雷赫曼认为:他们是我的朋友。

　　阿卜杜勒·雷赫曼回到了自己家,他亲爱的妻子艾娜出来迎接他,妻子哭着说:"你终于平安归来了,这可真是最好的礼物。"但舌头大喊:"来吧,邻居们。来吧,见证人。"听到的人都很惊讶。然后舌头大声说出离婚宣言。艾娜听了哭得不行,但在场的人都劝她:"最好快点离开他,他这是疯了。你看这些话从他的嘴里清楚地说出来,但他的双手却试图阻止,他的脸充满恐惧和厌恶。"离婚手续办完后,艾娜哭着走了,阿卜杜勒·雷赫曼走进自己的房子,看到了儿子苏丹,这个十岁的男孩听见了离婚宣言后正哭得伤心。阿卜杜勒·雷赫曼试着跟儿子讲话,为自己辩解,但他说不出一句话。他的舌头却说:"我的儿子,我要考验你是否孝顺,你现在爬到井上方的木轴上去。"那男孩听话地爬过去，站在木轴上。阿卜杜勒·雷赫曼知道舌头十分邪恶，他连忙朝男孩跑去，想要抱住他，保护他不受伤害。但当他跑过去的时候，舌头发出了可怕的叫声，充满了邪恶。男孩看到父亲如此模样，吓得转过身去，木轴很细，他便滑倒，掉进了干涸的井底，折断了脊梁。

阿卜杜勒·雷赫曼眼见儿子离世，悲痛万分，他既不渴望财富，也不再渴望成为世界的主人，他唯一的想法就是摆脱这根舌头。于是，他离开自己的房子，去了城里，试图走进清真寺，可每当他靠近圣所的门，舌头就卷曲在他的喉咙，使他窒息。正当他走在河岸上时，突然来了位老人，身体虚弱，胡子花白。于是阿卜杜勒·雷赫曼跪倒在老人脚下，在尘土中写：对我说，拉胡①。尽管舌头几乎让他窒息而死，他还是写下了这句话。老人看到这句话十分惊讶，对着他读了'拉胡'。当听到这句圣言，舌头开始止不住地颤抖，颤抖的力量如此之大，以至于阿卜杜勒·雷赫曼跌进了河里，舌头从他嘴里冒出来，像一条大水蛭般游走了，接着游上来四条大黑鱼，每条约六步长，四条鱼抓住阿卜杜勒·雷赫曼的四肢，撕扯下来。老人把阿卜杜勒·雷赫曼从河里拉上来，黑鱼立马不见了。有人把阿卜杜勒·雷赫曼抬

---

① 原文为 La hol，应为《古兰经》中的一段经文。——译者注

到医生那里，把他的残肢缝合好，问他话，他也不回答，人们看见他没了舌头。人们再看他涣散的眼神，知道他已经失去了理智。待他身体痊愈后，人们把他放在门口，叫那些经过的善人施舍点水和食物给他，富足慷慨的人向他投硬币，有时还是金子珠宝，他们就把这些放在他身旁的窗台上，但他捡不起来，也没有人偷。谁会去抢劫一个无手无脚的人？

一位智者经过巴士拉，见到了阿卜杜勒·雷赫曼的处境，让人在他身边写：此人有万斤黄金、数万珍宝和无尽学识，足以成为世界之主。对那些有疑问的人，智者答道：一个人无手无脚，能带多少黄金；一个人没有手指，能数多少珍宝；疯子是世界之主，因为他们不受俗事束缚，他们也不为欲望而忧愁；而知识，来源于对真主的敬畏。